La sombra del estiómeno
y otros cuentos

Alberto Caballero

**Premio Internacional de Relato
Latin Heritage Foundation 2011**

ISBN-10: 1-63065-076-5
ISBN-13: 978-1-63065-076-6

Registro de Copyright:
TXu 1-744-253, del 7 de marzo del 2011.

PUKIYARI EDITORES
www.pukiyari.com

Índice

LA SOMBRA DEL ESTIÓMENO

Ya ha amanecido y felizmente no he logrado conciliar el sueño, pero debo mantenerme alerta ante cualquier movimiento de mi sombra. Anoche me quedé con la impresión de que mi sombra había cobrado vida, pero después deduje, o traté de crccr, quc sólo era una ilusión óptica como consecuencia del haz luminoso de los vehículos en movimiento. Cada vez que transitaban por la calle adyacente, la luz fugaz proveniente de sus faros atravesaba la ventana de mi habitación y entonces parecía como que los objetos cobraban vida; todo se movía de un extremo al otro, hasta mi sombra.

Aunque intuyo que no todo fue fruto de mis fantasías.

Pero como dije, me quedé con esa impresión, como si mi sombra estuviera jugando conmigo, tratando de sorprenderme, deslizándose sinuosa, tal como también sucedía con las sombras de los demás objetos, y empecé a preocuparme pensando que tal vez no se debía a las luces de los automóviles en la calle. Para engañarme, me había convencido, mi sombra se desplazaba, adrede, al ritmo de ese mismo movimiento.

¿Para qué resistirme? ¿No sería acaso mejor que

mi sombra me sorprendiera?

Anoche no podía dormir, raro en mí porque por lo general me acuesto tan cansado que el sueño me vence de inmediato. Daba vueltas en mi cama, pero luego volvía a la posición en que mejor me arrullaba, así que, sin advertirlo, empecé a meditar acerca de la vida y la muerte.

Me veía muerto y eso era todo. No existía nada más y me asustaba pensar que no habría nada más después de muerto. Cambiaba el perfil de mis pensamientos pero otra vez la misma imagen regresaba, como si permaneciera agazapada detrás de mi mente, de modo que seguía muerto dentro de un ataúd negro con forro de seda blanca en su interior. Descansaba sobre una almohada con unos pedazos de algodón en la nariz, pero por más esfuerzo que hacía no podía apreciar si esa almohada me ofrecía más comodidad mientras me encontraba cadáver.

Y ahí, dentro de ese féretro, me percibía solitario, y como esa soledad me asustaba, otra vez daba vueltas en mi cama tratando de reemplazar esa imagen por otra menos aterradora, pero luego regresaba el ataúd conmigo dentro. A pesar de que me imaginaba con mucha gente velándome, no dejaba de sentirme solo, y con mucho calor, como si no estuviera muerto, pero me encontraba exánime ahí, dentro de ese cubículo largo y estrecho, casi asfixiándome, sin poder abrir los ojos, sin poder hablar, ni sonreír, ni sentir nada, y peor aún, sin saber si esa condición era mejor que la de estar vivo.

En otro momento, desde algún rincón del velatorio, me veía dentro del féretro, como si yo fuera un acompañante más pero invisible para el resto. Así podía indagar si todas esas personas que habían llegado para despedirme lamentaban mi muerte. Pero no. Nadie me lloraba. Como mi mujer, vestida de negro y con lentes oscuros, rondaba lejos del féretro entretenida con unas revistas, deduje que finalmente había regresado sólo para fingir tristeza por mi muerte. ¿Entonces me pregunté cuál era el sentido de mi vida? ¿Qué más podría esperar de ella? Si quedara muerto, ahí mismo, tal vez sería una salida digna.

Pensé luego que quizá, cuando muerto, en algún instante podría despertar, pero si me levantaba tal vez asustaría a toda esa gente que vino a velarme, de modo que más digno, insistí, sería permanecer inmóvil, quieto, conformándome con lo que me había tocado y acompañado, inertes como yo, por tres cirios negros que apenas me alumbraban.

Y así, todo se fue calmando como un proceso de aceptación plena ante mi nuevo estado. Ya no tenía motivos para lamentarme porque todo era quietud dentro de ese féretro.

Y no escuchaba a nadie porque ya nadie podía existir para mí.

Y fue en medio de esa quietud de la noche, cuando me encontraba acostado en mi cama meditando, que sentí un cosquilleo en la oreja izquierda, como si alguien me estuviera rascando dentro de ella. El cosquilleo me pareció algo extraño porque yo dormía de costado sobre ese lado.

2

Si la primera vez no le hice caso, la segunda me sobrecogió de modo que al instante salté de la cama y encendí la lámpara. Parecía no haber nada, pero aun así revisé debajo de la colcha gris, entre las sábanas blancas e incluso en el piso de madera en busca de algún insecto. Todo se encontraba limpio.

Eso sucedió como a las once.

Cerca de las doce, cuando ya me encontraba por conciliar el sueño, otra vez sentí el mismo cosquilleo, y luego otro. Me senté como impelido por un resorte y casi al mismo instante otro cuerpo imitaba mi movimiento; me quedé paralizado y esperé en esa posición hasta acostumbrarme a la luz mortecina de la luna que apenas atravesaba la ventana.

Y distinguí a un bulto pequeño casi rozando mi piel.

Abrí los ojos tanto como pude y observé que él también hacía lo mismo, así que salté y encendí la lámpara. Pero, de nuevo, mi cama se encontraba vacía.

Fastidiado, me senté en un sillón de madera forrado que utilizaba para mis lecturas nocturnas o para ver televisión, me cubrí con la colcha gris y esperé alerta mientras pude.

Parece que el sueño me ganó pues a continuación sentí el movimiento de la colcha despertándome. Abrí los ojos y vi a un extraño jalando de ella mientras me observaba con cierto recelo, como si temiera que pudiera hacerle daño. Al sobreponerme, el intruso corrió hacia el clóset y cerró la puerta tras de él. Un trozo de la colcha quedó prendido en el armario. Yo permanecí estático sobre el sillón.

—Soy un estiómeno —dijo con voz trémula.

La criatura había asomado media cara tras empujar con timidez la puerta. Yo me levanté y con un movimiento rápido de piernas amenacé con embestirlo al tiempo que el estiómeno retrocedía y se encerraba. Corrí hacia ahí y forcejeamos, pero como el clóset no era tan grande, supuse que si primero aflojaba y luego jalaba con mayor fuerza, lograría abrir la puerta y entonces tomaría al intruso por el cuello. Así lo hice, sólo para constatar que dentro no se escondía nadie. No contento, busqué en vano por toda la habitación.

Tras mi búsqueda infructuosa recogí la colcha, apagué la lámpara y cansado me recosté en la cama hasta quedarme dormido, pero otra vez sentí el cosquilleo en la oreja, luego otro y por último un tercero.

Me senté, y tal como la vez anterior, el estiómeno siguió mi movimiento. Así que sin perder tiempo salté de la cama y encendí la lámpara, pero esta vez el extraño permanecía ahí, sobre mi cama, mirándome. Era algo regordete, no medía más de un metro y resaltaba su forma grotesca, como si los nudillos de sus dedos, sus codos, sus rodillas y sus pómulos hubieran tenido un crecimiento exagerado.

En seguida caminé a hurtadillas alrededor de la cama en tanto que el intruso, aferrado a la colcha, temblaba, parpadeaba y me seguía con la vista. Entonces advertí que más miedo tenía él de mí que yo de él.

Al detenerme en un extremo lo quedé mirando. Él hizo lo mismo. No me quitaba la vista de encima, ni tampoco dejaba de temblar ni parpadear. Fruncí el ceño y con un movimiento rápido amagué como para atacarlo, pero en lugar de defenderse, ese cuerpo grotesco retrocedió golpeándose la cabeza contra el respaldar de la cama. Profirió un grito casi ahogado antes de cubrirse el rostro con la colcha.

Permanecí sorprendido, en mi mismo sitio, ante la actitud temerosa del intruso. Instantes después, el pequeño bulto se fue descubriendo poco a poco. Primero un ojo con el que me contemplaba, pero sin dejar de temblar ni parpadear. Yo opté por no hacer nada, pero me mantenía expectante de cada uno de los movimientos siguientes. Se descubrió luego el otro ojo y finalmente todo el rostro.

Fruncí el ceño y de nuevo amenacé y el intruso reaccionó de la misma forma que la vez anterior, aunque me pareció que este segundo golpe en la cabeza fue más fuerte porque su grito lo escuché agudo, pero aun así no olvidó cubrirse la cabeza. Entonces deduje que su presencia no era peligrosa, y sonreí por dentro.

Tras caminar hacia el otro lado de la habitación me senté en el sillón de madera y me dispuse a esperar. El intruso repitió el mismo proceso: primero un ojo, luego el otro y por último se descubrió el rostro. Temblaba y parpadeaba.

Transcurrieron algunos segundos, no más de treinta, cuando noté que el visitante dejaba de aferrarse de la colcha, y el temblor que lo había dominado disminuía en intensidad, así como el parpadeo en frecuencia.

—Soy un estiómeno —repitió.

Ya más tranquilo, y usando la escalera de tres peldaños que se encontraba pegada a la cama, el estiómeno bajó lento, con cuidado, como un bebé aprendiendo a caminar, y al pie de ella esperó, como si dudara. Al avanzar en mi dirección noté que caminaba arrastrando los pies; se detuvo cerca y al frente de donde yo me encontraba, como a un metro, y se sentó sobre el suelo.

—Imposible que un estiómeno pueda hacer daño —dijo con voz irresoluta.

Desde tan cerca recién pude comprobar que lo que afirmaba era cierto. Advertí también otros detalles: dos úlceras por labios que parecían surgir desde el interior de su boca le causaban cierto dolor, o eso pensé, porque hablaba con bastante esfuerzo.

Y allí nos encontrábamos frente a frente. Él, sentado sobre el piso, y yo sobre el sillón, de modo que lo observaba hacia abajo. Parecíamos del todo diferentes. El pobre daba lastima. No dudé al pensar que se trataba de mi antípoda. Dijo que me conocía desde hacía mucho tiempo y que en más de una oportunidad había intentado comunicarse, pero que cada vez el temor lo vencía. Cuando hablaba se frotaba la frente o los ojos o se rascaba el cuello. Y así estuvo contándome de los varios intentos por acercarse y de otros infortunios hasta que como una hora después, cuando ambos ya casi habíamos perdido el temor uno del otro, el estiómeno hizo una pausa y me miró directo a los ojos.

3

—¡Oh! —exclamó sin dejar de temblar—. ¡A veces extraño los tiempos cuando era como tú!

—¿Te sientes agónico?

—Sí. Es parte de mi proceso.

—¿Y por qué no te rindes de una vez y dejas de sufrir? —pregunté cortante.

—¡Oh, no! —contestó con los ojos casi desorbitados—. Temo a la muerte.

—La muerte dignifica la vida.

—En su momento.

—Me parece más digno que por tu propia voluntad te retires de este mundo —sugerí con el mismo tono.

—¿Retirarme ahora? Imposible. Sólo por el hecho de huir no tendría sentido, pero retirarme en el momento preciso hará de ese momento imperecedero. Y yo espero ese momento.

Así eran los estiómenos, como después lo supe con mayores detalles. Vivían con el sueño de llegar a su momento imperecedero, pero como yo nunca había visto uno me dije, después de observar su aspecto doliente, que éste debía encontrarse cerca de su momento de partida.

—Sí —dijo como leyendo mis pensamientos—. Falta poco.

—¿Cómo sabes que falta poco?

—Por lo que llevo.

—¿Qué llevas?

—A mi complemento, por quien yo existo y él existe por mí.

Y tosió varias veces y por cada vez expulsó torrentes de un líquido viscoso. Por suerte demostró cierta educación porque con sus manos se tapó la boca e impidió ensuciarme.

Observé su abdomen.

—¿Ahí se encuentra?

—Sí. Ahí se encuentra.

—¿Y tú eres su padre o su madre?

—Se podría decir que ambos.

Medité un momento porque su respuesta me pareció absurda.

—¿Cómo lo concebiste?

—Cuando me besó mi sombra.

Y resistió a otro ataque de tos. Supuse para no incomodarme.

—¿Acaso tu sombra tiene vida?

—Sí. Cuando pensé en ella le di vida y cuando nuestra sombra tiene vida su único propósito es besar a su cuerpo —contestó el estiómeno.

—¿Será eso posible? —pregunté incrédulo.

—Lo es. Si nos distraemos nos toman por sorpresa y consiguen su propósito.

—Ya veo. Tú te distrajiste.

—Sí. Yo me distraje y mi sombra me besó y al instante se inició mi transformación y concebí a un nuevo ser, a mi complemento, a mi otro yo —y cerró sus ojos, como fatigado, y exhaló.

Percibí un mal olor en su aliento.

—¿Por qué es tu complemento?

—Porque nos alimentamos el uno del otro. Él se alimenta de mí, de todo lo bueno; y yo de él, de todo lo malo. Por eso soy como me ves.

—¿Hasta cuándo?

—Hasta que mi complemento vea la luz del día. Será cuando yo ya no tenga nada que ofrecerle y él nada que darme, y entonces moriré porque el proceso habrá terminado. Y ése será mi momento imperecedero.

Extrañado por sus palabras, le hice otra pregunta:

—Si sabes que ese será el final que te espera, ¿por qué no renuncias a tu complemento?

—Imposible. Todo lo que un estiómeno concibe llega a nacer.

—Si renunciaras a él tendrías muchas cosas buenas que todavía den sentido a tu vida.

—No hay mejor sentido en la vida que dar la vida por nuestro complemento.

—¿A pesar de saber que por él morirás?

—Y no puedo hacer nada por evitarlo. Una vez que el complemento se encuentra en el vientre, como un germen, no hay forma de eliminarlo. Se vuelve cada vez más fuerte y el cuerpo más débil.

—Entonces no debiste pensar en tu sombra.

—Tampoco pude evitarlo. Fue como si me hubiera incitado.

—No comprendo. Si antes de que pensaras en ella todavía no tenía vida.

—Es verdad. Y yo tampoco sabía que tenía sombra.

Su respuesta me dejó perplejo porque más parecía una paradoja, así que le lancé mis últimas preguntas. Mientras tanto mi sombra, que hasta ese momento ni me había fijado que la llevaba conmigo, hacía unos movimientos extraños, como desperezándose.

—¿Y cuándo empezó?

—Al tiempo en que otro estiómeno me respondió ante la misma pregunta que tú me hiciste.

—¿Qué pregunta?

—Que cómo había concebido a mi complemento.

Dicho esto, el estiómeno se puso de pie para regresar por donde había venido, y antes de subir a la cama trepó la escalera de tres peldaños. Subió con bastante parsimonia, con el mismo trabajo de un bebé. Ya sentado, y forzando una sonrisa, me miró directo a los ojos, de modo que desde esa altura me contemplaba hacia abajo. Y fue en sólo esos segundos en que lo percibí tal como era, y tras echarse en el mismo sitio en donde yo acostumbraba se cubrió todo el cuerpo con la colcha.

Al instante, el bulto que se había formado encima de la cama desapareció, como si se desinflara.

Ante tal suceso quedé desconcertado. Percibí un temblorcillo en mi cuerpo, pero de inmediato salté del sillón, corrí hacia la cama y retiré la colcha. Ahí no encontré a nadie, ni la huella de alguno que se hubiera abrigado sobre ese lado de la cama.

CAMBIO DE CONDICIÓN

Presumo que mi nombre ha quedado grabado en el recuerdo de muchas personas. Soy León Suárez, el testigo presencial del caso del ingeniero acaecido un año atrás. Como el proceso fue bastante difundido, la gente que lo siguió de cerca recordará todavía que el motivo fue el celo profesional, sin embargo, ahora debo confesar que no fue del todo cierto. No se ventilaron algunos detalles porque, en mi opinión, carecían de la más mínima importancia.

Dos meses después de haber egresado de la universidad, y días antes de aquel suceso, llegué a la organización un lunes por la mañana. Era una dependencia del gobierno en la ciudad de Ch. Me recibió el gerente de obras, un hombre alto y grueso. Luego de explicarme en forma breve las características del trabajo, por el interno ordenó a su secretaria que llamara a un tal ingeniero Camacho.

Minutos después, un hombre de unos treinta y cinco años, de baja estatura y cara redonda, ingresó a la oficina sin llamar a la puerta.

—El ingeniero León Suárez se incorpora desde hoy a nuestra organización —le dijo—. Le agradeceré lo conduzca a la oficina que ha dejado el ingeniero Estuardo López. El encargado de las obras eléctricas es el ingeniero Palacios, a quien usted dará cuenta de su trabajo —se dirigió luego hacia mí—. El ingeniero Estuardo López renunció hace una semana, de manera que a usted se le ha asignado ocupar ese cargo.

Y me animé. Recuerdo que me animé. Ya sabía cuál sería mi trabajo. Sólo faltaba conocer mi primera oficina.

—Otra cosa… —esbozó una sonrisa y torció la boca—. Tenga cuidado con el ingeniero Palacios… —Y colocándose el dedo índice en la sien hizo unos movimientos circulares—. Parece haber perdido algunos tornillos —sentenció.

Fue la primera señal, pero no seguí el consejo. El ingeniero Camacho no sonrió. Tampoco dijo nada. Su advertencia no era broma. Me sentí incómodo. Escuché un fondo musical de violines. Los violines de Lima en una melodía suave y mustia. Nos despedimos.

A lo largo de nuestro recorrido mi acompañante me iba mostrando el edificio, pero yo no prestaba atención.

—¿Es verdad que el ingeniero Palacios se encuentra mal de la cabeza? —pregunté sin pensar en lo poco apropiado de inquirir acerca de mi nuevo jefe.

—Es algo raro. ¿Eres ingeniero electricista? —contestó sin dar detalles.

—Sí. ¿Y tú? —opté por no insistir.

—No. Soy ingeniero civil, pero me encuentro apoyando al ingeniero Palacios en la liquidación de una obra.

Llegamos a la que sería mi oficina. Era estrecha y sencilla, por no decir deslucida, además, como carecía de aire acondicionado, el calor era sofocante; estaba amueblada con cuatro sillas de madera, dos sillones giratorios, dos escritorios metálicos plomizos frente a frente y, al fondo, del mismo material y del mismo color, un archivador vertical de algo de metro y medio de altura. Entre éste y el más grande de los escritorios se perfilaba una ventana de doble hoja a través de la que se podía apreciar el campo verde poblado de flores amarillas, rojas y violetas. Un poco más allá, dando la impresión de encontrarnos en medio del bosque, se alzaban los eucaliptos que subían y bajaban hasta un riachuelo al fondo del valle. Tras acercarse a la ventana, el ingeniero Camacho deslizó un cerrojo y la abrió, y el aire fresco con aroma a campo y a eucalipto envolvió el ambiente.

—Ese es tu escritorio —me indicó señalando al más pequeño, al de la derecha, y me entregó un ejemplar del proyecto de una obra en proceso de liquidación—. Toma, ve familiarizándote con este expediente técnico.

—¿Y el ingeniero Palacios? —pregunté.

—Se encuentra en comisión de servicios. Regresa mañana. ¿Tu primer trabajo?

—Sí.

—Entiendo —me dio una palmadita en el hombro—. No te preocupes, es un trabajo sencillo.

2

Al día siguiente llegué a la oficina cinco minutos tarde. El ingeniero Palacios ya se encontraba sentado sobre su sillón y escondido entre algunos papeles, o daba esa impresión. Su vestimenta lucía arrugada y un extremo del cuello de la camisa se encontraba metida hacia adentro. Era delgado y de talla mediana. Desde su misma posición me ofreció la mano y yo le correspondí. La sentí algo floja. Me invitó a sentarme. Lo hice en mi sitio y esperé. Sus ojos negros, pequeños y saltones, parecían estar ocupados en escudriñar algo que mantenía entre las manos. Observé que ahí no había nada, pero frotaba los dedos índices con sus correspondientes pulgares como si tratara de quitarse algo adherido a la piel. Luego, como si le pesara la lengua, y sin desviar el interés en sus dedos, comentó algo a propósito del trabajo y me sugirió que debía continuar leyendo la misma documentación técnica que el día anterior yo había dejado a la vista sobre mi escritorio. Tomé el expediente y lo abrí.

—¿Eres amigo del gerente? —me preguntó sin inmutarse.

—No —contesté.

—¿Y de Jaime López?

—No lo conozco.

—¿Sabes por qué renunció Estuardo López?

—No.

—¿Sabes que son hermanos?

—No.

—¿Eres de Lima?

—No. De Trujillo.

—Trujillo es una ciudad hermosa.

—Sí. Es hermosa.

—Los trujillanos son buenas personas. ¿Sabes que la mayoría de ingenieros que trabajan en la organización vienen de Lima?

—No lo sabía.

—Ten cuidado con ellos.

Acto seguido continuó con su labor, como si estuviera solo. Yo traté de concentrarme en la lectura, pero de vez en cuando levantaba la vista y lo observaba con disimulo. Empecé a transpirar. Advertí que la ventana se encontraba cerrada, de modo que me levanté y la abrí. El ingeniero Palacios no se inmutó. Supuse que también se sentía sofocado.

A pesar de que aparentaba estar atareado, noté todo lo contrario. Sobre su escritorio, si mi memoria no me falla, se encontraban esparcidos entre diez a doce documentos a los que les dedicó el resto del día sumido en la tarea de releerlos. Eso fue todo lo que hizo, además de frotarse los dedos.

Uno de esos documentos era una valorización de avance de la obra cuyo expediente técnico de replanteo me encontraba revisando. Lo recuerdo porque al día siguiente, el miércoles, a primera hora, con copia de ese mismo documento dos representantes del contratista que la ejecutó justificaban los cálculos monetarios. Yo, desde mi sitio, observaba sin moverme. Las partes se encontraban frente a frente: el ingeniero Palacios sentado sobre su sillón, como replegado, miraba hacia los lados o hacia abajo, pero no a los representantes; y éstos, al otro lado del escritorio, se esforzaban por dominar el escenario; y daba la impresión que lo estaban consiguiendo, excepto, a mi modo de ver, por la reacción oportuna. Por los golpecillos.

Se respiraba aire pesado. Observé que la ventana se encontraba cerrada. Intenté abrirla pero el ingeniero Palacios, con una mirada furtiva y un movimiento negativo y casi imperceptible de su cabeza, me insinuó que no lo hiciera al tiempo que separaba los dedos índices unos quince centímetros uno del otro con los que golpeó el filo del escritorio. Fue un golpe suave. Luego dio otro, y otro más, y un cuarto. Los golpecillos llegaban a intervalos de unos cinco segundos. Parecían no tener fin. Los visitantes, sin dejar de hablar, se miraban entre ellos y se hacían gestos. Minutos después terminaron con sus argumentos y esperaron en silencio. Yo también esperé.

El ingeniero Palacios en tanto continuaba con el mismo movimiento, agitaba el rostro a ambos lados o me miraba, pero no a ellos, de modo que sólo se escuchaba, pero más rápido, los golpecillos que hacían recordar a los de un tambor solitario. Yo transpiraba. No debió transcurrir más de treinta segundos cuando de pronto el ingeniero Palacios, lejos de responder, separó los dedos índices en algo de cuarenta centímetros uno del otro y los golpeó en el escritorio con mayor contundencia. Fue un golpe seco. Como de huesos. Y tras levantar la vista y agrandar los ojos se acercó a sus interlocutores y les dijo en voz alta, de frente, casi en sus caras:

—¡Con una de este tamaño les voy a pagar!

Yo me sorprendí. Ante tal alusión, ambos representantes se levantaron y antes de retirarse con los rostros desencajados uno de ellos me dijo, señalándolo con el dedo pulgar, que el ingeniero era un malcriado o estaba loco de remate. Y no era para menos.

—Son sus socios —me dijo el ingeniero Palacios cuando ya nos encontrábamos solos.

En ese instante no entendí que se refería al gerente y a Jaime López, y tampoco pregunté, pero percibí en sus palabras un tono irónico.

—También son limeñitos, como ellos —murmuró.

Pasadas las nueve de la mañana, el ingeniero Palacios inició otra rutina, pero no tan extraña como la de esa tarde. Se levantaba del asiento, se dirigía al archivador, tomaba cualquier libro o documentación técnica, lo hojeaba durante unos minutos y por último regresaba a su asiento. En cada ida y en cada vuelta se detenía enfrente de la ventana, daba la impresión que para reírse de algo que él veía afuera, en el jardín, y que le causaba gracia. Esa rutina la repitió tantas veces como el tiempo se lo permitió hasta que entré en sospecha. Como a las once comprobé que en la dirección hacia donde él miraba no había nada ni nadie que pareciera gracioso.

Por la tarde, y después de almorzar, regresé a la oficina a eso de la una y lo encontré en su sitio, contemplando un lapicero que sostenía entre los dedos y al que hacía girar con bastante lentitud. Sobre su escritorio, al lado izquierdo, descansaban una manzana roja recién empezada y una navaja de cacha negra. No le di la menor importancia y continué con mi lectura. No obstante, pasaron diez, veinte minutos, una, dos horas y no cambiaba de postura. Yo, al otro lado, fingía leer con interés, pero en realidad no lograba concentrarme.

Esperé atento hasta las cinco, la hora de salida, así que, sin despedirme, abandoné la oficina dejando a mi compañero en la misma posición en que lo había encontrado a la una.

Esa noche me fue difícil conciliar el sueño.

3

Recuerdo que rogué para que no llegase el jueves, pero el jueves llegó a la hora que debía llegar. Quien no llegó fue el ingeniero Palacios.

A primera hora de la mañana nos visitó una comisión de San Jacinto integrada por dos personas. Necesitaban los servicios de mi compañero para que revisara un grupo electrógeno que se encontraba defectuoso. Dos horas después, y al ver que el ingeniero no aparecía, prometieron regresar al día siguiente.

Por la tarde conocí a Jaime López. Llegó como a las dos. Era algunos años mayor que yo, un poco alto, grueso de cuerpo y de cachetes amplios. Después de ofrecerme su ayuda me advirtió que tuviera cuidado con el ingeniero Palacios.

Al poco rato, otro ingeniero residente, Raúl Rivas, ingresó sonriente y nos saludó, primero con la mano en alto y después estrechando las nuestras. Rivas tenía ojos grandes y expresivos, aparentaba mi edad y era algo más bajo que Jaime López.

—¿Recién por acá? —me preguntó después de presentarse.

—Sí —contesté—. Desde el lunes.

—¿Y con el ingeniero Palacios? —Sonrió secundado por Jaime López.

—Sí.

—Debes andar con cuidado —me advirtió.

—¿Creen que esté algo chiflado? —pregunté.

—Por supuesto —se apresuró a confirmar Jaime López —. Tiene muchas anécdotas. Como para no creer. Hace tres años se encontraba de comisión de servicios en la ciudad de Trujillo y de un momento a otro desapareció. Con ayuda de la policía lo buscaron durante dos días; lo encontraron como un mendigo durmiendo en un parque. Dicen que no recordaba nada. —Y sonrió—. Está loco de remate.

— ¿Tienes algo para mañana viernes por la noche? —cortó Raúl Rivas.

—No.

—Queremos darte la bienvenida. Se ha hecho costumbre entre nosotros.

—Qué bien.

—¿Si no tienes problemas puedo recogerte a eso de las siete?

—Entonces te espero a eso de las siete.

Y se despidieron.

4

El viernes por la mañana fue memorable.

El ingeniero Palacios partió a San Jacinto con la comisión de esa localidad. En el camino sufrió un ataque de risa incontrolable. El conductor del vehículo en el que viajaban tuvo que desviar la ruta hacia el hospital. Ahí le dieron de alta al día siguiente, como si no hubiera ocurrido nada.

Por la noche, minutos antes de las siete, me recogió Raúl Rivas. Nos dirigimos al centro de la ciudad. Llegamos a un restaurante bastante concurrido: El Huascarán. Alrededor de una mesa esperaban diez personas. El gerente se hallaba sentado en la cabecera y a su derecha Jaime López; éste decía algo al oído del otro. El ingeniero Camacho se había ubicado al otro extremo. A los demás todavía no los conocía, pero a partir de esa reunión tomé confianza con cada uno de ellos.

Cuando nos acercábamos se levantaron y me recibieron sonrientes. Había un sitio vacío a la izquierda de la cabecera en donde me invitaron a sentarme. El gerente procedió con las presentaciones y luego dijo algunas palabras alusivas a mi llegada. Todavía no se borra de mi mente una frase motivadora: "Cuando la suerte les sea adversa, no renuncien y continúen intentando". La Gerencia de Obras estaba formada por doce ingenieros residentes, de modo que todos nos encontrábamos ahí, excepto el ingeniero Palacios. Tuve la imprudencia de preguntar el motivo. Todos rieron.

—Desentona —contestó el gerente.

Yo reí con ellos.

Fue una reunión amena. Comimos y bebimos y hablamos de muchas cosas. En una sola noche asimilé lo que debía aprender en más de un mes. Creo que asistí a una de las mejores terapias. Al principio, el grupo me pareció homogéneo, pero, después de observarlos, comprendí que no era cierto. A pesar de que se notaba el liderazgo del gerente, al ingeniero Camacho y a otros dos les hacía poca gracia, en especial, cuando mostraba cierto aspaviento acerca de algunas de sus experiencias. En cambio, Jaime López celebraba cualquiera de sus intervenciones. Raúl Rivas y los otros eran más diplomáticos, se mantenían como neutrales. En un momento, y a pesar de su ausencia, el eje de la conversación fue el ingeniero Palacios. No se salvó ni el cuello de su camisa.

5

El lunes, con más confianza, llegué a la oficina. El ingeniero Palacios leía unos papeles. Tras saludarlo me senté.

—¿Cómo vas con la lectura? —preguntó en tono formal.

—Bien.

Durante el resto de la mañana no sucedió nada relevante.

Por la tarde, al regresar a la una, lo encontré comiendo una manzana roja. La partía con la navaja de cacha negra, con lentitud, como si fuera dueño del tiempo. Desde mi sitio escuchaba el tajo y luego el sonido de su boca triturando el pedazo que tenía dentro.

—¿Crees que estoy loco? —preguntó de improviso.

Sentí como si me hubiera lanzado la navaja. No supe qué responder. Levanté la vista. Él me observaba. Sus ojos parecían más saltones. En la mano izquierda mantenía la manzana y en la derecha la navaja.

—No lo creo —mentí.

—Todos en la organización creen que estoy loco.

—No lo creo.

—Eres electricista como yo, y trujillano. Pareces buena persona.

Sonreí. Él se mantuvo en silencio durante varios minutos.

—¿Crees que existe vida en otros planetas?

Qué tenía que ver esa pregunta con su locura, pensé.

—Creo que sí —contesté creyendo que esa era la respuesta que él quería escuchar.

—Y es verdad. Hay uno ubicado en una galaxia lejana. Están mucho más adelantados que nosotros. Ahí también viven en núcleos familiares. Conozco a una de esas familias.

Otra vez silencio.

—Los padres han obsequiado a sus hijos adolescentes un juguete al que suelen llamar "Intercer".

Sonreí por dentro.

—Es el medio para contactarse con un objetivo —continuó—. Ese juguete emite ondas similares a las electromagnéticas pero a la velocidad del pensamiento y ajustables a la misma amplitud y frecuencia que las cerebrales de su objetivo.

Tomé la documentación técnica y me dispuse a leer.

—Así, convierten a su objetivo en receptor y emisor, y desde donde las ondas regresan con nueva información para reflejarse en una pantalla tridimensional —siguió—. A través de esa pantalla, ellos pueden hablar y observar a su objetivo y ver y escuchar, en el mismo instante, lo que ven y escuchan los ojos y oídos al otro lado del universo. El juego consiste, además, en que con ese juguete los muchachos pueden interferir y controlar las ondas cerebrales y manipular el comportamiento del sujeto.

Hizo una pausa, como esperando algún comentario, pero preferí no decir nada. Observé que la mano derecha sujetaba la navaja con más fuerza e intuí, también a través de los brazos rígidos, que luchaba por controlar su estado de ansiedad.

—Ese objetivo soy yo—continuó—. Soy su prisionero. En tanto hago lo que ellos quieran no tengo problemas, por eso, cuando las hago, la gente cree que estoy loco.

Me observó con el rabillo del ojo, pero tampoco dije nada.

—Es verdad —dijo en tono alto.

—¿Dices que esos extraterrestres ven y escuchan lo que tú ves y escuchas, y en el mismo instante, como si fueras una cámara filmadora? —pregunté curioso.

—Como si fuera un robot a control remoto.

—¿Y también te observan y hablan contigo?

—Como si tuvieran una cámara sobre mi cabeza.

—¿Ellos te obligaron a mantener un lapicero durante toda una tarde? —pregunté para seguirle el juego.

—Así fue. Ellos me obligan a hacer muchas cosas.

—¿Hicieron que te perdieras en la ciudad de Trujillo durante dos días?

—Es verdad. Hicieron contacto conmigo un martes por la tarde poco después de haber almorzado. Les dije que en ese momento me dirigía a una reunión de trabajo e insistí en que me dejaran, pero ellos querían jugar. Se molestaron conmigo e hicieron que perdiera la noción de mi conciencia. Durante esos dos días había olvidado quién era y dónde me encontraba y me rebanaba los sesos tratando de recordar algo, así que deambulé por las calles con ese propósito hasta que el cansancio me venció.

Luego me observó de lado, con un ojo, como esperando mi aprobación. Yo desvié la vista.

—¿Y acerca del ataque de risa del último viernes?

—Ellos me hicieron reír. Suelen ser bromistas.

6

Al día siguiente, el martes, el ingeniero Palacios no asistió al trabajo. Por la tarde tuve la visita de Jaime López y Raúl Rivas. Me preguntaron que cómo me iba con el ingeniero Palacios. Les contesté que me parecía que bien y que el día anterior había conversado conmigo.

—Pero fíjate. Si ya conversan —celebró Jaime López.

Y les referí la historia de los extraterrestres y el juego intergaláctico y el control cerebral y la manipulación de personalidad. Reímos toda la tarde. Jaime López fue quien más lo festejó. No paraba de reír. Raúl Rivas, en cambio, demostraba un comportamiento más discreto. Reía, pero sin escándalo. Una semana y ya me sentía como en mi casa.

El miércoles por la mañana me hizo recordar al del último lunes por la tarde, pero con una variante: el ingeniero Palacios me observaba. No me quitaba la mirada de encima. Como a las nueve inició el diálogo.

—¿Qué crees acerca de nuestra conversación del lunes? ¿Crees que son alucinaciones?

—No lo creo. Pero debes encontrar la manera de deshacerte de esos seres o todos pensarán que estás loco —le seguí la corriente.

—Lo he intentado muchas veces.

—No debes darte por vencido. Encontrarás la manera.

—Ellos dicen que hay una sola manera, pero no les creo.

Entonces recordé la frase motivadora que el gerente pronunció en la fiesta a propósito de mi bienvenida, y pensé que podría ser propicia.

—No renuncies al intento. Quizá es verdad. —Y sonreí por dentro.

—¿Tú crees?

—Por supuesto. No pierdes nada con intentarlo.

No contestó. Se mantuvo en silencio pero sin dejar de contemplarme. Yo intentaba leer unos planos que tenía desplegados sobre el escritorio.

—¿Sabes que cuando te miro ellos te observan?

—Lo dijiste el lunes. Ellos escuchan y ven a través de ti.

—Es cierto, pero debes saber que ellos te están observando.

No respondí, pero a pesar de que tampoco dejé de sonreír por dentro, sentí una sensación extraña, de incomodidad, como si en realidad alguien más me estuviera observando.

El resto de la mañana no intercambiamos ninguna otra palabra.

Y ocurrió después del almuerzo.

Yo, en mi escritorio, revisaba unas valorizaciones antiguas y el ingeniero Palacios, en el suyo, comía la manzana de la tarde. Era roja, como las anteriores. La partía con la navaja de cacha negra, con parsimonia, como siguiendo un ritual. Desde mi sitio escuchaba, uno tras otro, el mismo tajo y el mismo sonido de su boca al triturar un trozo.

Fue cuando Jaime López irrumpió en la oficina. Yo volteé, pero no así el ingeniero Palacios.

—Hola, León —me saludó mientras se sentaba en una silla, al otro lado de mi escritorio, dando la espalda a mi compañero.

A él no lo saludó. Impasible, el ingeniero Palacios continuaba cortando la manzana con la navaja de cacha negra.

Jaime López parecía animado. Me plantó una sonrisa burlona mientras sacaba un pañuelo azul con el que se limpió la cara.

—Así que de juguetes intergalácticos se trataba, ¿verdad? —riéndose dijo en voz alta.

Me quedé paralizado. Entonces, vuelto el ingeniero Palacios, me miró de frente.

El rostro me quemaba.

—Así que controlado por unos marcianitos, ¿no?

Intenté levantarme, pero Jaime López me hizo un ademán con la mano. Yo le contesté de la misma forma. Esperaba detenerlo.

—No te preocupes —dijo en voz alta—. Es cobarde y manipulable.

Escuché un tajo y luego el triturar de otro pedazo de manzana.

—Si hasta los marcianitos lo manipulan, y no puede hacer nada por liberarse porque es un cobarde, ¿no lo ves? —Golpeó el escritorio con ambas manos y soltó una carcajada.

—¡De película!

Otro tajo.

—¿Sabes que algunas valorizaciones que se negaba a firmar las firmaba Estuardo?

—No lo sabía —respondí casi escondido detrás de mi escritorio.

—Es que está de adorno. No firma nada. Se hace el loco porque tiene miedo. Alucina con auditoría. ¿Sabes que amenazaba a Estuardo para que tampoco firmara nada? Por eso mi hermano renunció.

Jaime López se limpió la frente con el pañuelo azul.

—¡Pero qué gracioso! ¿Sabes que la última valorización la firmé yo? A mí no me tiembla la mano. Si el gerente me pide que firme, ¡yo firmo! —Y golpeó otra vez sobre el escritorio.

El ingeniero Palacios volvió la vista hacia Jaime López. Sus ojos estaban dilatados, rojos. Por unos segundos pensé en advertir al visitante, pero dudé. ¿Qué podría suceder?

Entonces, Jaime López se despidió. Sin dejar de reír avanzó hacia la puerta. En el camino volteó guiñándome un ojo.

—¡No es más que un cobarde! —exclamó.

Pero Jaime López no había reparado en la intención de su oponente. No habría dado más de tres pasos cuando el ingeniero Palacios saltó con la navaja de cacha negra en la mano derecha. Fue un salto ágil.

—¡Cuidado! —grité.

Fue una advertencia tardía.

Con el brazo izquierdo el ingeniero Palacios rodeó el cuello de Jaime López y lo jaló con fuerza hacia atrás y con el derecho hizo un movimiento semicircular sobre su garganta, como cuando se siega con una hoz. Fue un tajo certero, raudo. Al comienzo Jaime López opuso resistencia, pero después los músculos se le aflojaron y se deslizó temblando, indefenso, entre los brazos de su adversario, y cayó de bruces sobre el piso. Escuché un gorgoteo al tiempo que sus piernas hacían un movimiento oscilante, sin ritmo, rápido, como si se estuviera electrocutando. Contemplé su cuello. La sangre le salía a borbotones.

Dándome la espalda, el ingeniero Palacios, con los brazos sueltos, inmóvil y sin decir nada, observaba al caído. En el piso, alrededor de la cabeza de Jaime López, se había formado un charco de sangre que avanzaba hacia la puerta. Comprendí que me encontraba atrapado. Para salir debía pasar sobre ellos. Volteé y advertí en la ventana abierta otra salida. Me preparé para correr y saltar, pero escuché un golpe y un lamento. Y volví.

El ingeniero Palacios, bañado en sangre desde la cara hasta los zapatos, había soltado la navaja y me observaba sollozando.

—Tenías razón —balbuceó—. Me acaban de liberar.

ENTRE BARBAS

—Te amo —dijo el hombre de facciones robustas y barba mediana.

—¿Cómo puedes amarme? —respondió la mujer barbuda—. Soy pequeña y rechoncha.

El hombre llevó ambas manos hacia el rostro de la mujer y resbaló los dedos por la barba frondosa. Una, dos y varias veces.

—No me importa. Sólo sé que te amo —le dijo mirando el rostro hirsuto.

—Soy fea.

—Te veo hermosa.

Luego, la rodeó con sus brazos largos y musculosos, la atrajo hacia él y la apretó contra su cuerpo. A pesar de que el hombre le llevaba como dos cabezas, se inclinó y besó a la mujer. Ella lo aceptó; también abrazó al hombre con sus brazos cortos y flácidos. Fue un beso suave pero incómodo. Entonces, el hombre se arrodilló e igualaron en tamaño. Y el segundo beso fue apasionado.

Y el hombre, como por instinto, se rascó el borde de la boca al tiempo que percibía un rechazo sutil. No le dio importancia. Besó a la mujer en la mejilla derecha y desde ahí deslizó los labios, lento, suave, a lo largo de la barba, y de vez en cuando sacaba la lengua o apretaba con los labios un manojo de vellos, como si estuviera disfrutando del manjar más exquisito que hubiera saboreado en la vida.

—Luzco como hombre —dijo la mujer barbuda.

Y el hombre percibió que un temblorcillo invadía su cuerpo robusto.

—Te amo —respondió en tono sincero.

EL HOMBRE DE GRIS

—El hombre de gris sacó un revólver, apuntó a la chica y le disparó en la cabeza —dijo el que yacía sobre el piso—. Luego se acercó a la mesa en donde yo me encontraba y me disparó en el pecho.

—Calma —dijo el policía.

Ambos estaban al fondo de la sección lateral de un McDonald´s en Baltimore. A excepción de los dos, en ese ambiente no había otra persona, pero desde la esquina con la sección frontal, más atrás, algunos comensales y empleados observaban al hombre sobre el piso y al policía tratando de calmarlo. El policía, de rodillas, mantenía aferradas con sus manos las muñecas del otro. El hombre sobre el piso vestía una camisa grisácea, deslucida, bastante ajada y sucia, y llevaba el pelo largo amarrado con una liga, como cola de caballo.

—Hoy fue real, no como ayer —explicó el del piso.

—Calma —repitió el policía.

—Ayer yo había llegado a este McDonald´s cerca de las once y treinta —continuó el del piso—. Tenía media hora para comer. Me gusta llegar antes de las doce. Así que ordené dos McChickens para economizar, ¿sabe? Siempre ordeno dos McChickens. No puedo gastar mucho. Me acomodé al fondo. Me gusta comer ahí. ¿Cree que voy a morir?

—No lo creo. Tranquilo.

—En la mesa de al lado se encontraba una pareja —continuó el del piso—. El hombre me daba la espalda y la mujer la cara. Discutían. No les entendía porque hablaban en un idioma desconocido. Parecían rusos, ¿sabe? No les entendía nada. El hombre vestía una camisa gris suelta y la mujer una blusa blanca. Él tenía el cabello largo y amarrado, como cola de caballo, ¿sabe? Lucía descuidado, pero ella no. Ahora recuerdo que no discutían. Él era el que gritaba, como increpándola. Me escucha, ¿verdad?

—Sí. Le escucho.

—El hombre de gris me señalaba con el dedo pulgar y ella respondía moviendo la cabeza hacia los costados o me observaba con el rabillo del ojo. La chica tenía los ojos húmedos y mantenía la cabeza gacha. Entonces, sucedió en unos segundos, ¿sabe? Cuando yo la observaba. Ella me miró de frente y se asustó. Al instante, el hombre de gris volteó y también me miró y me dijo en voz alta algo que no entendí. Debió insultarme. Luego sacó un revólver. Primero le disparó a la chica en la cabeza. Yo lo vi. Se le blanquearon los ojos y la cabeza cayó de golpe sobre la mesa. En seguida el hombre me apuntó. Yo reaccioné de inmediato. Me arrojé al piso, hacia el otro lado, y escapé gritando. Eso sucedió ayer, ¿sabe? Me sigue escuchando, ¿verdad?

—Sí —contestó el policía sin soltarle las muñecas —. Cálmese. La ambulancia ya está en camino.

—¿Cree que voy a morir?

—No va a morir.

—Los empleados desde la sección frontal corrieron a ver qué ocurría y me observaron sorprendidos. Traté de explicarles señalando el lugar del crimen, al fondo, pero ellos continuaron mirándome extrañados. Me llevaron hacia allá casi a la fuerza y vi que no había nadie ni nada, ni las huellas de sangre sobre la mesa. Me cree, ¿verdad?

—Sí. Le creo, amigo.

—Me hicieron entender como que había sido una pesadilla. Quizá, pensé, me habría quedado dormido por el cansancio. Trabajo dos turnos los siete días de la semana, ¿sabe?, para vivir en este país y enviar dinero a mi familia. ¿Sabe que no veo ni a mi mujer ni a mis hijos por más de cinco años?

—Tranquilo —apuntó el policía—. La ambulancia está por llegar.

—Hoy llegué más temprano, como a las once —continuó el del piso—. Ordené dos McChickens y me senté en el mismo lugar de ayer. Esta sección se encontraba vacía. A los pocos minutos una pareja se ubicó en la mesa de al lado. Cuando se sentaron levanté la vista y los vi. Era la misma pareja de ayer, ¿sabe? Él con la misma camisa gris suelta y con el mismo cabello largo y amarrado con una liga, como cola de caballo, y ella con la misma blusa blanca. El hombre lucía bastante descuidado, más que ayer. Volvieron a discutir. Él era el que vociferaba. Pero esta vez sí les entendía. No eran rusos, ¿sabe? Hablaban mi idioma, el castellano, no el inglés. Me cree, ¿verdad?

—Sí le creo —contestó el policía.

—El hombre le decía ramera, sucia, que qué hacía con el dinero que le enviaba, que si se lo gastaba con sus amantes. Ella lo negaba con la cabeza. Yo no quería ver. Recordé lo del día anterior y creí que fue una premonición. Sabía lo que iba a suceder. Ya lo había visto. Quise gritar y correr pero no pude. Temblaba de miedo y me quedé paralizado en mi sitio.

A lo lejos se oyó la sirena de la ambulancia. El hombre del piso continuaba hablando:

—El hombre de gris le dijo a la mujer que ahí se encontraba el mismo tipo de ayer. Y se refería a mí, ¿sabe?, porque lo vi señalándome con el dedo. Le preguntó si yo también era su amante. Ella lo negó. Lo negaba todo pero él insistía. Parecía no escucharla. "Si no dices la verdad te mato", le dijo y entonces levanté la vista y me encontré con la de ella y ella se asustó. El hombre volteó y me observó enfurecido, de arriba hacia abajo, y me gritó: "Maldito". "Pero si ese tipo es un estúpido", le gritó a ella. Actuaba como loco, ¿sabe?

—Tranquilo, amigo. No se agite.

—Me cree, ¿verdad?

—Claro que le creo.

—¿Voy a morir?

—No va a morir.

Los curiosos en la esquina entre las secciones lateral y frontal no dejaban de observar a los dos hombres.

—Luego, el hombre de gris sacó un revólver —continuó el del piso—, apuntó a la chica como ayer y le disparó en la cabeza. Ella blanqueó los ojos y su cabeza cayó de golpe sobre la mesa. En seguida, el hombre de gris se levantó y apuntándome dio unos pasos hacia donde yo me encontraba. Esta vez no me dio tiempo de escapar. En ese instante pensé que podía ser otra pesadilla. Pero no era otra pesadilla, ¿sabe? Era real. El hombre de gris me miró directo a los ojos y me dijo que era un necio. Lo repitió tres veces. Luego me disparó en el pecho y huyó.

—Ya llegó la ambulancia —le dijo el policía sin soltarlo.

Dos hombres corpulentos ingresaron con una camilla y una camisa blanca con correas. Los dos hombres, sin sacarle la camisa gris, vistieron con la blanca al del piso, lo aseguraron con las correas, lo echaron sobre la camilla boca abajo, le cortaron el cabello largo que lo tenía amarrado como cola de caballo y se lo llevaron.

—¿Si muero qué va a ser de mi familia? —sollozando preguntó el de la camilla.

Lejos de responder, el policía movió el rostro varias veces hacia ambos lados, caminó unos pasos para regresar al lugar que había dejado minutos antes, tal como el resto de los comensales, y por último, con una mano tomó el sándwich ya comenzado y con la otra levantó el vaso colmado de Coca-Cola.

EL PAPA DE QUIEN LOS FIELES ESPERAN SU MENSAJE POSTRIMERO

Por los pasillos del Vaticano corrían los altos prelados, unos presas de desesperación y otros de angustia, dispersándose en todas direcciones en busca de cualquier cosa en que o en quien apoyarse.

"Es el fin", se les escuchaba decir a algunos. "Hemos sido engañados", afirmaban otros.

A pesar de muchos esfuerzos y tentativas disímiles, los cardenales no habían logrado convencer al Santo Padre de que su conclusión, después de largos años de estudio, debía quedar en secreto.

—A fin de cuentas son muchos secretos que por el bien de la humanidad no han sido revelados y éste, el de mayor trascendencia, con mayor razón —explicó uno de ellos.

—Por eso mismo —contestó el Santo Padre—. Por ser el de mayor trascendencia, el mundo debe saberlo. El mundo tiene ese derecho.

Con profunda muestra de preocupación el Papa esperaba en su despacho.

Restaba una hora para enviar el mensaje y con él su revelación; sabía con exactitud lo que tenía que decir. Lo había anunciado con la premura que el tiempo le exigía y los millones de fieles, desde todos los rincones del mundo, esperaban con ansiedad las palabras de su líder espiritual.

Con cierto esfuerzo el Santo Padre abrió la ventana ubicada en el occidente y se asomó por ella, y sintió en su rostro como un azote, como una exhalación con olor a podredumbre, el viento áspero de la noche. Levantó la mirada y distinguió, entre las nubes negras y espesas, a la luna llena que ya había ganado dos veces su tamaño habitual; ésta, con movimiento seguro, continuaba avanzando hacia donde las fuerzas del universo la guiaban.

Años atrás había advertido que *"[...] con cambios de posición los cuerpos celestes tienden a recuperar su estado de equilibrio ante la acción de nuevas fuerzas, y esas nuevas fuerzas ya se estaban presentando a través de la degradación de la madre tierra. Las consecuencias no sólo se estarían remitiendo en reducción progresiva de la capa de ozono, en sobrecalentamiento del planeta, en bruscos cambios climáticos o en catástrofes naturales, sino también en una nueva e irreversible posición de la luna con resultados destructivos impredecibles [...]".*

—Un mes —murmuró el Santo Padre—. Sólo nos queda un mes.

Después de cerrar la ventana, el Santo Padre encendió el televisor, el único objeto desde donde podía saber, de modo realista y descarnado, qué estaba ocurriendo en el exterior. Un locutor transmitía las noticias de esa hora: "Pánico en el mundo...". "El mundo es un caos...". "Japón, las islas Galápagos y Hawái borrados del mapa...". "Suicidios en París, Londres y Nueva York...". "Vandalismo en Roma, Madrid, Río y Lima...". "Los fieles de todo el mundo rezan por sus almas y esperan la bendición del Santo Padre...".

— Los rezos ya no tienen ningún sentido —murmuró el Papa.

Desde su juventud, el Santo Padre se había ganado el respeto y la admiración de sus congéneres: a los dos años ya sabía leer, a los diez inició sus estudios en una prestigiosa universidad, a los dieciocho recibió su primer doctorado en Ciencias Sociales y Filosofía, y a los veinte un segundo en Física. A esa misma edad ya hablaba a la perfección, además del español, su lengua natural, el hebreo antiguo y el arameo, el griego, el ítalo y el latín, el inglés, el francés y el italiano. Un coeficiente de inteligencia de ciento noventa y cinco comprobaba que nació con un cerebro prodigioso.

Desde los quince mostraba un especial interés por conocer el origen del mundo y a ello dedicó todos sus esfuerzos durante el resto de su vida. Dada su habilidad innata, tuvo fácil acceso a muchos documentos originales escritos en diferentes épocas y en diferentes idiomas. Con una fe inquebrantable, a los veinte inició los estudios teológicos y una carrera eclesiástica tan vertiginosa y sorprendente como su cerebro. A los cuarenta y tres ya era Papa y líder máximo de la iglesia más poderosa del mundo. Y desde su ingreso al Vaticano y durante un periodo de poco más de veinticinco años pudo desvelar miles de documentos secretos guardados durante siglos.

Sus fieles le llamaban Papa Inefable gracias a sus múltiples declaraciones basadas en sus investigaciones que, por cierto, reflejaban un realismo crudo y una verdad comprobable tal como su honestidad. Con el Papa Inefable, afirmaban, la ciencia y la religión al fin habían encontrado un punto en común.

El Santo Padre escuchó unos toques suaves a la puerta y luego observó con paso lento e inseguro el ingreso de su secretario.

—Faltan siete minutos —dijo éste.

—Sí —respondió el Santo Padre—. Lo sé.

El secretario, como titubeando, esperó unos segundos. Intentó decir algo pero sus labios no le respondieron.

—¿Es verdad lo que vais a revelar? —preguntó al fin con cierto nerviosismo. Los labios le temblaban y los ojos inyectados en sangre y las ojeras oscuras mostraban que no había dormido.

El Papa, sentado sobre un sillón, no respondió. No hizo un sólo gesto. Sacando fuerzas de flaqueza el secretario intentó de nuevo.

—¿Es verdad, Santo Padre, que habéis encontrado entre los viejos y antiguos libros y demás documentos la respuesta que la humanidad tantos años ha esperado?

El Papa continuó impasible. Se encogió con lentitud, como si todos los pecados del mundo estuvieran recayendo sobre él, llevó ambas manos al rostro y así, en esa posición, se mantuvo por varios segundos, como cavilando, como buscando palabras apropiadas.

—He encontrado la respuesta que la humanidad nunca esperaba —respondió al fin.

—¿Y es verdad lo que vais a revelar? —repitió el secretario su primera pregunta y expectante esperó la respuesta.

—Sí. Es verdad.

Con los ojos desorbitados, el secretario quedó como petrificado en su mismo lugar, luego se tapó la cara y explotó en llanto.

—¿Y los demonios y los ángeles? ¿Acaso no existen? —preguntó instantes después entre sollozos.

—No. Son entes creados por la mente del hombre con el único propósito de justificar la presencia o ausencia del temor.

—¿Y las almas? ¿Qué son entonces las almas? —preguntó desesperado el secretario.

El Santo Padre tembló. Lágrimas gruesas resbalaron entre sus dedos, pero no hizo mayor movimiento.

—Son sólo efluvios residuales de energía que se desvanecen con el tiempo.

El secretario tambaleó e intentó articular otras palabras pero le fue infructuoso. Inhaló y exhaló varias veces hasta creer recuperarse. Observó con espanto a su interlocutor y le formuló la pregunta que no había podido pronunciar.

—¿Entonces qué nos espera después de la muerte?

—Nada —respondió melancólico el Santo Padre—. Eso es lo que nos espera: nada.

Luego, el ambiente se llenó de una bruma espesa y oscura. Afuera, entre un murmullo de notas graves, como si oraran en voz baja, miles de fieles afligidos de todas las edades y sexo congregados en la Plaza de San Pedro esperaban el mensaje del salvador de sus almas.

LA VARITA DEL MAGO

Con la mano izquierda el mago se quitó el sombrero de paja, lo sostuvo por encima de la frente para hacer sombra y entrecerrando los ojos contempló el horizonte más allá de la selva.

No es azul, pensó. *Es rojizo.*

Algunas nubes dispersas no significaban ninguna amenaza de tormenta, así que de nuevo se colocó el sombrero y con la mano derecha agitó una varita gris sobre la cabeza del niño descalzo y éste desapareció en el acto.

Se escucharon los gritos de sorpresa de los habitantes de la aldea casi olvidada en las profundidades del Amazonas.

Después de contemplar perplejos la proeza, los padres del niño, Sara y Sebastián, prestaron mayor atención. No veían una sola caja ni una silla ni una mesa. Sobre el estrado no había nada, excepto el mago, ellos y el perro del niño que insistente olfateaba en el mismo sitio en que desapareció su amo. La mujer, de nariz aguileña y ojos saltones, se llevó ambas manos a la cabeza.

—Es un buen truco —dijo Sebastián.

—No es un truco —contestó el mago.

Los niños y los padres de esos niños, cerca del escenario, observaban absortos la destreza del visitante. "¿Cómo lo hace?", se preguntaban.

En seguida, el mago, algo fornido, entrecano y de nariz enrojecida, repitió el mismo movimiento, pero esta vez con la mano izquierda, y el pequeño reapareció.

Los espectadores aplaudieron y los padres del reaparecido, pasmados, abrazaron al pequeño.

—Es un buen truco —repitió Sebastián forzando una sonrisa.

—No es un truco —repitió el mago.

—Entonces, ¿cómo lo hace? —preguntó Sara en representación del auditorio.

—Es fácil —contestó el mago agitando la varita con ambas manos—. Con la derecha lo hago y con la izquierda lo deshago.

La concurrencia rio.

Algunos arrojaron monedas sobre el escenario, de modo que animaron al mago a continuar. Hasta el anochecer entretuvo a los parroquianos, desapareciendo y reapareciendo a cada uno de ellos, y a muchos objetos, incluso a chozas enteras. Al término del espectáculo, los desaparecidos y reaparecidos coincidieron en no recordar los momentos en que se esfumaron, como si durante esos instantes el mago los hubiera dormido.

2

La noche bajo la luna en cuarto menguante estaba caliente, como en toda esa región de ceja de montaña. Si no fuera por las puertas y ventanas abiertas de algunas chozas, pero cubiertas con mosquiteros traslúcidos y por los que atravesaba la luz tenue desde el interior, se diría que la aldea se encontraba desolada. Al día siguiente sus pobladores, casi todos descalzos, regresarían con actitud pasiva a la rutina de siempre: los hombres a trabajar en el campo, a cazar en la selva o a pescar en el río, y las mujeres a cocinar, a lavar y a criar a los hijos. Con el tiempo, tal vez, interrumpirían sus quehaceres, sólo de vez en cuando, para recordar con meridiana sonrisa a aquel mago que una tarde lejana los deleitó con sus proezas. Y entre ese mundo apacible, sin cambios, quizás muy pocos, como Sara y Sebastián, continuarían maldiciendo su infortunio.

Pero esa noche, en una de esas chozas, Sara y Sebastián eran los anfitriones del mago. Los tres, alrededor de una mesita cuadrada alumbrada por un candil de llama pálida, terminaban la cena a base de caldo de verduras y guiso de sajino. El niño jugaba con su perro en la habitación contigua.

Sebastián, delgado y de pómulos salientes, trajo unos vasos y una botella de ron.

—Para bajar el sajino —dijo.

El visitante se limpió la lengua en los labios, como si salivara.

Al quinto vaso el mago ya había relatado sus peripecias por los cinco continentes. Contó que un día en medio de la zona tropical tuvo el tiempo justo de levantar la varita antes de que un jaguar lo devorara. En otras ocasiones repitió lo mismo con un caimán en el Orinoco y con un tiburón en el fondo del océano. También logró desaparecer a tiempo a una cobra en la India, a una anaconda y a tantas otras bestias que hicieron peligrar su vida durante su recorrido por el mundo. Pero jamás olvidaría a la primera. A un oso frontino de dos metros.

Sus dos interlocutores escuchaban con interés y cruzaban algunas miradas furtivas mientras el mago hablaba sin parar.

—Incluso, hasta mi equipaje. Como ven, no necesito llevar carga conmigo. Todo a través de la varita. —Y tras agitarla con la mano izquierda brotó del piso una maleta.

El mago la abrió, extrajo tres paquetes y los entregó a sus anfitriones.

—A donde vaya no olvido los presentes —dijo y al instante, de un movimiento similar, pero con la mano derecha, la maleta retornó de la misma forma como llegó.

Y al agitar otra vez surgió de la nada un baúl de madera con filos de hierro. El mago la abrió delante de sus anfitriones e introdujo dentro el dinero recaudado durante el día. Por último, cerró el baúl y lo desvaneció en el acto. Con el rabillo del ojo Sara había observado el contenido.

—¿Nunca ha fallado? —preguntó ella.

—No. Jamás —contestó el mago.

—¿Lo que con la derecha hace, con la izquierda lo rehace en el mismo lugar?

—No siempre. Así como los objetos, las personas y los animales también pueden quedarse como en suspensión vital, durante el tiempo que yo quiera, dependiendo de la necesidad.

—¿De la necesidad? —intervino Sebastián.

—Déjenme explicarles. Si alguien, por ejemplo, estuviera a punto de morir por falta de alguna medicina, lo podría desaparecer y en tanto se encuentre en ese estado, digamos cataléptico, su enfermedad no avanzaría. Yo podría viajar a un hospital y después de cerciorarme de la existencia de esa medicina lo podría reaparecer allí mismo, en ese lugar, en el hospital. Y ya está. Salvaría otra vida.

—¿Ha salvado muchas vidas? —preguntó Sebastián.

—No las he contado.

—¿Tiene a muchos hombres así… como en suspensión vital?

—No. Sólo a las bestias.

—¿Le apetece otra ración de sajino? —interrumpió Sara.

—Gracias, Sara —aceptó el mago—. El sajino es un plato bastante sabroso.

3

Los tres se levantaron. Mientras el mago se acercaba al umbral de la puerta para tomar aire fresco, la pareja se dirigía hacia la cocina.

—¿Te imaginas si esa varita fuera nuestra? —preguntó la mujer en voz baja.

—Sí. Podríamos salir de esta aldea. Todo sería diferente.

—Completamente diferente. Podríamos desaparecer muchos objetos valiosos, joyas, pinturas, dinero, y tantas otras cosas. Y nadie podría culparnos porque nadie podría encontrar la prueba del delito. De sólo imaginarme… Viajaríamos por todo el mundo. Esa varita es una mina de oro.

Sebastián contemplaba absorto a su mujer. Ella continuó:

—Esa varita nos podría dar todo lo que quisiéramos. Y no habría hombre alguno que dejara de inclinarse ante nosotros. ¿Te imaginas?

—Ya calla, que el mago acaba de sentarse —advirtió Sebastián en voz baja.

En tanto que Sara distribuía los tres platos sobre la mesa, los hombres apuraban otro vaso de ron. Al mago le brillaban los ojos y hasta sus parpados se notaban caídos.

—Insisto que es un truco —reinició la conversación Sebastián con una sonrisa fingida—. Usted no es más que un buen ilusionista.

—No es un truco —respondió el mago con voz gangosa —. Es la varita.

—No lo creo.

—Sí. Es como si la varita absorbiera lo que le ordeno con la mente —continuó el mago.

—¿Cómo puede absorber si se ve tan pequeña? —preguntó la mujer.

—Es a través de ella.

El mago les explicó dos y tres veces que la magia funcionaba como si la varita tuviera la capacidad de llevar los objetos a otra dimensión, que ésta se encontraba ordenada como una matriz de casillas, similar a las de un tablero de ajedrez, pero con un número ilimitado por lado dependiendo de la necesidad del mago e identificadas cada una por su dirección, y que cada objeto, finalmente, era depositado en una de esas casillas.

—No entiendo —insistió Sara.

—Antes de agitar la varita sobre el objeto a desaparecer, con la mente debo ordenarle que lo guarde, por decirlo así, en la casilla 5-7, entonces, ese objeto se guardará en la quinta fila, séptima columna.

—¿Así de fácil?

—Así de fácil, pero debo tener cuidado de no confundirla de modo que lo que le ordeno coincida con lo que imagino en mi mente.

—¿Qué imagina en su mente?

—La dirección de la casilla. Debo imaginarme primero a un comodín casilla arriba y a la matriz debajo, como en un desfile el capitán delante y su batallón detrás, entonces cuento desde la izquierda hacia abajo las cinco filas, allí volteo hacia la derecha y voy hasta la séptima columna, y entonces habré llegado a la casilla 5-7. Allí debo escribir con la mente esa dirección y antes de agitar la varita debo ordenarle que guarde el objeto a desaparecer en esa casilla.

—¿Y cuándo necesita recuperarlo?

—El mismo procedimiento. Después de haberme ubicado en la casilla de mi interés, pero antes de agitarla con la mano izquierda, ordeno a la varita que devuelva lo que allí ha guardado.

—¿Entonces es sólo la varita? —preguntó Sebastián abriendo los ojos.

—No es más que la varita.

—¿Podría intentar?

—¿Quiere intentar?

—Claro que quiero intentar.

—Entonces trate con la casilla 3-3.

—¿Por qué con esa casilla?

—Porque allí no hay nada.

Y al intentar, Sebastián logró desaparecer y reaparecer primero un plato, luego la mesa y las sillas y hasta a su propia mujer. El mago celebraba cada intento y Sara entusiasmada lo imitaba con aplausos.

Minutos después el mago dormía sobre la mesa ante la atenta mirada de la pareja.

4

—Ahora que está durmiendo— susurró la mujer.

—Esperemos otro rato.

—¿No ves cómo ronca?

—Sí —accedió el marido luego de estirar el cuello.

Sebastián avanzó en puntas de pies hasta tomar con la mano derecha la varita que se encontraba sobre la mesa, extendió ese brazo y tras cerrar los ojos en un acto de concentración pasmosa, agitó la varita sobre la cabeza del mago y éste se esfumó al instante.

Sara abrazó a su marido.

—Ya es nuestra.

—Ya es nuestra —repitió el marido.

—¿Podrás recordar dónde lo guardaste?

—En la casilla 3-3. Es la que sabíamos se encontraba vacía.

Ambos contemplaron la varita. Era delgada, como un dedo índice, y algo pequeña, de no más de sesenta centímetros. Parecía de madera pintada de gris y ajustada en ambos extremos a unos casquillos metálicos de color dorado.

Tras acostarse hablaron mucho e hicieron planes. Ya se veían viviendo en una casa grande amueblada y decorada hasta con los más delicados detalles, y hasta podían ver al hijo, un poco más grande y bien vestido, asistiendo a la Universidad de Harvard.

—Seremos como Dios —murmuró ella antes de suspirar y quedarse dormida.

—Mi hijo en Harvard, mi hijo en Harvard —se repetía él hasta vivir esas ilusiones en sus sueños, y entre uno y otro pudo percibir la agradable sensación de lo que significaba ser el poseedor de la varita del mago.

5

Tras despertar por la mañana, Sara y Sebastián, como por instinto, contemplaron la silla vacía en donde el mago se había quedado dormido. No contentos buscaron en cada rincón hasta descubrir que la varita se encontraba sobre una repisa, detrás de unos tarros, en el mismo sitio en que la ocultaron la noche anterior.

Reiniciaron sus quehaceres como si nada hubiera ocurrido, Sara en casa y Sebastián en el campo, creyendo que de ese modo evitarían que los aldeanos entraran en sospecha a pesar de que éstos sabían que el mago debía haber partido temprano por la mañana.

Por la noche, después de la cena, mandaron al hijo a dormir al ambiente contiguo. Sara y Sebastián continuaron sentados alrededor de la mesa.

—Vi muchas monedas en el cofre —quebró Sara el silencio.

—¿Sólo eso?

—También joyas, perlas, diamantes, oro.

—Una fortuna.

—Si intentamos, podríamos encontrarlo.

—No se me ocurre cómo —contestó Sebastián arrugando la frente.

—Probemos empezando con las casillas más fáciles de recordar como la 1-1 o la 2-2.

—No me parece apropiado. Si yo fuera el mago, esas casillas las reservaría para emergencias.

—No lo creo —dijo Sara parpadeando—. Yo las reservaría para esconder mis riquezas.

—¿Y en algún momento de peligro cuál crees que utilizarías?

—Cualquiera menos esas. Tratemos con la casilla 1-1.

—No. Creo que sería peligroso.

—Ya veo. Tienes miedo.

—No tengo miedo.

—Necesitas algo de ron.

Sara trajo la botella y dos vasos; y después de llenarlos, ambos bebieron. Sara los volvió a llenar.

—Ahora intenta con la casilla 1-1.

Sebastián apuró el segundo vaso y lejos de refutar a su mujer tomó la varita con la mano izquierda y la extendió en un claro sobre el piso. Volteó luego hacia Sara. Ella sonreía, pero la nariz aguileña y los ojos saltones, en actitud impaciente, le hicieron recordar a Sebastián a un águila harpía por descubrir a su presa entre el follaje.

Y tras cerrar los ojos Sebastián agitó la varita.

Un cuerpo macizo y pesado, de casi dos metros, con orejas pequeñas y cubierto de un pelaje negro tupido con manchas blancas en el hocico y en forma de círculo alrededor de los ojos apareció en el claro, enfrente de ellos. La pareja permaneció inmóvil, como hipnotizada. El animal los vio sorprendidos. Se movió primero hacia su derecha y luego hacia su izquierda, como si se meciera sobre sí mismo. No dejaba de moverse. De pronto dejó escapar un rugido salvaje. La casa tembló. Unos incisivos gigantes y una baba espesa que colgaba del hocico reforzaron su bravura.

Un escalofrío recorrió la espina dorsal del hombre.

—Es un oso —logró apenas balbucear Sebastián.

—¿Y qué esperas? —contestó ella en el mismo tono y sin moverse de su sitio.

Con lentitud, como tratando de no molestar al oso, Sebastián cambió de mano y tras cerrar los ojos agitó la varita. Al instante, el claro ya se encontraba vacío.

Ambos respiraron aliviados.

—¡Te lo dije! El oso fue el primer animal que el mago hizo desaparecer. ¿Lo recuerdas? Por eso utilizó la casilla más fácil —dijo Sebastián limpiándose la frente con el dorso de la mano.

—No estuvimos preparados. Por eso nos sorprendió ver a un oso parado enfrente de nosotros. Pero si no hubieras permanecido inmóvil orinándote en tu sitio lo hubieras hecho desaparecer de inmediato —replicó la mujer—. Sin siquiera haberle dado tiempo de rugir.

Sebastián se mantuvo pensativo por unos segundos.

—Debemos actuar con calma —dijo.

—Debemos asumir riesgos.

—¿A qué te refieres?

—A que continuemos, pero preparados para lo que venga.

—Está bien —aceptó el hombre.

Sebastián trajo un tridente largo, una barreta y dos machetes.

—La barreta es muy pesada para mí —dijo Sara—. Yo me quedo con el tridente y un machete.

Y Sebastián agitó la varita en el claro.

6

Del piso surgió la maleta desde donde el mago extrajo los presentes.

—Es el equipaje —dijo Sara—. No nos sirve.

—Entonces lo regreso.

En la siguiente tentativa apareció un sapo y en las subsiguientes un gusano, una rama de árbol, una lata, un plato y un trozo de chocolate.

—¿Qué casillas has referido? —preguntó la mujer frunciendo el ceño.

—La 5-1 y las 10-1, 10-2, 10-3, 10-4, 10-5 y 10-6.

—¿No crees que las casillas de la fila 10 el mago las utilizó como entrenamiento?

—Eso parece.

—¿Y por qué entonces no pruebas con otras filas, como con la uno o con la dos?

—Puede ser peligroso.

—¡Sólo hazlo!

—¿Con qué casilla?

—Con la 2-1, pero ya.

Sebastián parpadeó dos veces.

—Mira a tu alrededor. ¿No ves lo miserable que somos?

Sebastián giró con lentitud y las imágenes le llegaron una detrás de otra. Primero las de su choza: una mesa pequeña cuadrada despintada y cuatro sillas viejas de paja sobre el piso de tierra, la cocina de leña sucia y unas ollas revestidas de hollín y grasa, algunos platos y tazas de vidrios despostillados, el dormitorio con dos colchones de paja y algunas mudas de ropa colgadas en la pared, y su hijo, como él, sin futuro, perdido para siempre entre todas esas cosas mezquinas. Luego, al contemplar más allá del mosquitero que cubría la puerta, arqueó las cejas como si de pronto sus ojos se hubieran cubierto de un vaho algo irritante. Es posible que en ese momento hubiese recibido otras imágenes reforzando las anteriores, como la de las chozas similares a la suya, la de los vecinos descalzos vestidos también con ropas humildes, la del trabajo en el campo, la de la caza y la de la pesca, pero tal vez no percibió la de los niños bañándose desnudos en el río ni la de los aldeanos con los pies descalzos disfrutando del contacto permanente con la naturaleza.

Sara mantenía la misma actitud impaciente. Sus ojos saltones parecían ahora los de una lagartija. Llevaba el tridente en una mano, el machete en la otra y el pie izquierdo delante del derecho, lista para atacar.

—¡Ya!

Después de contemplar a su mujer, Sebastián apretó los dientes y entonces agitó la varita.

Y sobre el piso apareció un caimán verde grisáceo, largo, de unos cinco o seis metros, musculoso y de hocico ancho. No dejaba de bramar. Al perder el equilibrio el hombre soltó la varita y de un impulso el caimán la apresó entre sus fauces y la tragó como si fuera un palillo, al tiempo que Sara, al otro lado, caía entre gritos al tropezar con una de las patas. Allí soltó el tridente y el machete. El caimán volteó con agilidad asombrosa y tras arremeter contra ella la engulló en tres embestidas. Fueron rápidas, casi instantáneas, pero que a Sebastián le bastaron para huir hacia la puerta y llegar hasta el patio exterior.

Y desde allí el hombre si apenas, quién sabe, intentó un grito, pero de haberlo hecho se habría perdido en su garganta porque incapaz de hacer nada logró ver, a través del mosquitero que protegía la casa, al caimán avanzando hacia el ambiente contiguo.

LA MUJER QUE PERDIÓ
AL MARIDO

Al despertar una mañana la mujer dijo:

—Vayamos a conocer el otro lado del mundo.

—Vayamos —aceptó el marido.

Así que aprendieron algunas palabras del idioma distante y arreglaron los objetos más valiosos: ella un diario de los años pasados y él un reloj de oro heredado de la familia; y marcharon con la ilusión de niños.

Maravillados por ese otro mundo, la mujer dijo:

—Internémonos y conozcamos al salvaje.

—Internémonos —contestó el marido.

Sonriente, la pareja ofreció al salvaje sus objetos más valiosos: el diario de los años pasados ella, y el reloj de oro heredado de la familia él; pero inmutable, el salvaje les dio la espalda y después de examinar la cabeza inmóvil de un mono que atrapado en una prensa chillaba y pataleaba, levantó los brazos blandiendo un machete y con golpe certero destapó la cabeza del animal.

—Coman —invitó el salvaje con una mano llena de sesos.

La mujer y el hombre casi caen al retroceder asqueados. El salvaje arrugó la frente y con una señal sus guerreros salieron de entre la maleza y reemplazaron al mono por el hombre.

Entonces, el salvaje levantó los brazos y el machete cayó como un rayo.

—¡Come! —ordenó esta vez el salvaje con la mano llena de sesos nuevos.

Y tras soltar el diario de los años pasados, la mujer comió.

LA CITA

—Hoy estaremos bastante ocupados —dijo la Muerte al revisar en un libro negro la agenda del día—. Son trescientas cincuenta y siete citas.

—¿Habrá tiempo para todas? —preguntó el aprendiz en tono inocente.

—Siempre hay tiempo hasta para husmear por allí y ayudar a algunos indecisos.

El aprendiz entrecerró los ojos.

—La agenda del día es infalible —continuó la Muerte.

—¿No tiene errores?

—A veces viene con algunas fallas.

La Muerte se detuvo en una página.

—Aquí tenemos algo interesante: un suicida y dos accidentados a las siete y treinta y cinco de la mañana en la ruta 28, debajo del puente peatonal de la Ruritan Road. Husmearemos por allí.

Martín Santos vivía de prisa. Como siempre, tenía muchas cosas que hacer, y si no, las inventaba. Sabía lo que haría en una semana, en un mes y en un año, y hasta soñaba con lo que tendría que hacer en cinco o en diez. Pero era frecuente que, aunque detestara hacerlo, llegara tarde al trabajo. Ese día se despertó como a las cuatro de la madrugada. De un sólo impulso se levantó para ir al baño y luego de lavarse y cambiarse, sin perder tiempo, reanudó en el garaje unas reparaciones que dejó a medias el día anterior.

A eso de las siete su mujer le llevó el desayuno: jugo de papaya con melón, café con leche y unos panecillos con jamón y queso. Martín Santos apenas bebió algo de aquí y pellizcó algo de allá. No tuvo tiempo para disfrutar la mañana. Quería terminar esa reparación lo antes posible. A las siete y quince su mujer se asomó para decirle que ya eran las siete y quince, así que Martín Santos dejó las herramientas sobre el banco, se limpió las manos con un trapo y sin despedirse salió corriendo hasta su auto.

Martín Santos tomó la ruta 7 oeste y, sobrepasando la velocidad límite, avanzó un buen trecho. Conocía el recorrido a la perfección, de modo que creyó que llegaría a tiempo si mantenía esa velocidad. Pensó en el recorrido restante: tres kilómetros más allá viraría hacia la izquierda para tomar la ruta 28 sur sobre el carril central y luego de otros quince kilómetros llegaría a la ruta 50 y hacia la derecha recorrería las últimas cinco cuadras.

En el otro extremo, Jaime García era dueño del tiempo. No diferenciaba entre la tranquilidad de llegar temprano o la angustia de retrasarse, de modo que al despertar a las seis consideró que no había dormido lo suficiente. *Un rato más*, pensó, pero al cerrar otra vez los ojos escuchó a su mujer que le decía que ya era tarde. Por fin estiró las piernas largas y los brazos delgados antes de levantarse.

Con la parsimonia que le caracterizaba, Jaime García invirtió algo más de tres cuartos de hora en asearse y vestirse. Con paso lento ingresó a la cocina y tras prender el televisor se acomodó al otro lado de la barra en tanto su mujer le servía el desayuno.

—Pero qué sueño —dijo.

—Si no te apuras llegarás tarde —respondió ella como cada mañana.

Después de despedirse, a las siete y diez, Jaime García tomó el volante.

—Qué neblina —dijo en voz alta. Su marcha era lenta, tranquila, sin apuros, como si no quisiera llegar nunca.

Todavía estoy a tiempo, pensó.

Jaime García tomó la ruta 7 este. Cruzó las rutas 659, 641 y 607 y por último viró hacia la derecha en dirección de la rampa de ingreso a la ruta 28 sur. Allí tomó el carril derecho cuando el reloj marcaba las siete y treinta y dos.

A las siete y treinta y tres Roberto Salinas había llegado al puente peatonal de la Ruritan Road, sobre la ruta 28. Cerca de la malla de protección, en la del lado sur, observaba, debajo, a los vehículos que desfilaban en tres hileras hacia esa misma dirección. Notó que se encontraba sobre el carril central.

No importa, pensó, *cualquiera me sirve.*

Su mirada estaba fija en la autopista. Le pareció que los vehículos, al perderse más allá, entre la neblina, avanzaban raudos hacia el infinito. Al instante, sus ojos se humedecieron y lloró afligido, como si percibiera que para él no hubiera un lugar en el mundo.

En seguida, el hombre sin sueños escaló la malla de protección y después de impulsarse se paró sobre el pretil. Cerró los ojos, como si ya no quisiera pensar en nada, pero al sentir que el viento frío le golpeaba la cara reaccionó, y al abrir los ojos y observar otra vez el desfile de cientos de vehículos debajo de él sintió temor. Mucho temor. Y dudó. Volteó para descender por donde había subido, pero de frente, casi en su cara, se encontró con la Muerte que, como una aparición, se había hecho visible por un solo instante. Roberto Salinas se quedó sin aliento. La vio enorme, oscura, como una sombra con dos destellos en lugar de ojos, y se asustó. Entonces, perdió el equilibrio y cayó al vacío.

Martín Santos vio un bulto delante de él, como de un hombre, que caía sobre su auto. Viró rápido hacia la derecha en un intento vano de eludirlo al tiempo que invadía el carril contiguo y chocaba con otro vehículo.

Jaime García, con el rabillo del ojo izquierdo, vio que el bulto se estrellaba sobre el carril central. Volteó la vista hacia allá cuando fue embestido. No pudo hacer nada por evitarlo.

El reloj marcaba las siete y treinta y cinco cuando los tres hombres perdieron la vida.

—¿Qué has aprendido? —preguntó la Muerte al final de la jornada.

—Que la agenda del día es infalible —respondió el aprendiz.

EN CONFESIÓN

Doña Matilde iba todos los días por la mañana a la Iglesia de Nuestra Señora del Carmen, pero esta vez, un poco más temprano, se dirigía directo al confesionario.

El sonido acompasado de sus pasos reverberaba en las paredes altas y viejas, transformándose al instante como en un eco lastimero; y las bancas, largas y anchas, que antes la esperaban para ofrecerle alguna comodidad durante su rezo preliminar, ahora, quietas todas ellas, sólo servían para adornar al templo. Ella caminaba por el pasillo envuelta en un vestido largo, color gris, sacón del mismo color y un velo negro de seda sobre su cabeza; parecía a lo lejos como un bulto fantasmagórico avanzando con movimiento pendular.

Al llegar a su destino, doña Matilde se arrodilló sobre una banca pequeña y acolchada junto al confesionario. Éste era de madera, color natural, como de metro y medio de ancho por dos y medio de alto, cerrado por los cuatro lados, pero provisto de una rejilla al frente y una puertecilla en el lado opuesto por donde no le era posible ver la llegada del confesor. Mientras esperaba, unió las manos a la altura de los labios y tras implorar ayuda al Altísimo extrajo del bolsillo un pañuelo blanco. Secó algunas lágrimas de los ojos enrojecidos y limpió el líquido mucoso que sin control escapaba de la nariz irritada.

Doña Matilde aguzaba sus oídos ante cualquier ruido proveniente del otro lado del confesionario. Se golpeó el pecho tres veces y se formuló muchas preguntas. En algún instante, pensó, que tal vez ella no se había esforzado lo suficiente.

Pero no puede ser, se dijo. *Si cumplo con religiosidad los mandamientos y demás preceptos, comulgo una vez a la semana, visito a los enfermos, colaboro con las actividades que organiza la parroquia y, sobre todo, llevo la palabra de Dios a las personas que se cruzan en mi camino.*

Por todo eso, estaba convencida, se había ganado el derecho, en la otra vida, de sentarse a la diestra del Señor.

Y justo viene a suceder en mi propia casa.

Se vio en el infierno, quemándose entre llamas gigantescas, y con ella a toda su familia. *Y tanto esfuerzo para nada*, siguió lamentándose. *Sí*, dijo entonces como si una luz hubiera iluminado su mente. *Debe ser el demonio que ha entrado a mi casa.*

De pronto, escuchó unos pasos firmes que se acercaban al confesionario, luego el sonido de la puertecilla, otro como el desinflar de un asiento forrado y, por último, un murmullo como de rezo.

—Ave María purísima —se escuchó una voz que provenía del otro lado de la rejilla.

—Sin pecado concebida —respondió doña Matilde al reconocer al padre Tomás.

2

Doña Matilde se dispuso a hablar pero nuevas lágrimas resbalaron por sus mejillas. Respiró hondo y repitió ese evento tres veces.

—He pecado, padre —dijo entre sollozos y limpiándose los ojos con el pañuelo blanco que mantenía estrujado entre las manos.

—¿Cuál es tu pecado, hija?

—El demonio ha entrado a mi casa y me ha hecho dudar, padre.

—¿Has dudado?

—Fue el demonio que con astucia habla por la boca de mi hijo.

—Eso no es bueno.

—Pero gracias a Dios he comprendido a tiempo.

—¿Por qué crees que el demonio habla por la boca de tu hijo?

—¿Recuerda a mi hijo, padre?

—Pues claro. Recuerdo a aquel muchacho obediente y aplicado en sus estudios. Todo un ejemplo.

—No, padre, usted está hablando de Gabriel, el mayor. Él sería incapaz. Es tan bueno y dócil como su padre. Me refería al otro, padre, al menor.

—¿Te refieres al muchachito ese que acostumbraba hacerle travesuras a todo el mundo? ¿Cuál es su nombre? ¿Alejandro? ¿Antonio...?

—Augusto, padre.

—Sí, Augusto. Pero qué muchacho, ¿verdad? Una sabandija. Lo recuerdo bien porque para cada problema en que se involucraba tenía la respuesta en la punta de la lengua. Una vez, cuando me ayudaba como monaguillo, lo descubrí metiéndose algunas monedas al bolsillo. Al increparle acerca de su conducta me contestó, sin titubear, que esas monedas estaban destinadas para el mendigo que se ubicaba en ese entonces a la salida del templo porque aquél, no cesaba de afirmar el muchacho, lo necesitaba más que la iglesia.

—¡Qué vergüenza! —respondió doña Matilde persignándose con rapidez.

—Inquieto el muchacho.

—Sí, padre. Travieso y curioso. Desde niño preguntaba cosas propias de su edad, pero después, cuando entró a la adolescencia, ya quería saber acerca de otros temas que incluso los adultos todavía no logramos entender. Con frecuencia leía libros viejos y raros.

—Esas lecturas podrían haber envenenado su cerebro.

—Es posible porque a su padre y a mí hasta ahora nos juzga con frecuencia. Jamás hemos podido dominarlo y, diferente a Gabriel, es tan independiente. Debe ser porque su padre siempre ha sido algo blando. Decía él que le hubiera gustado ser como Augusto, libre de hacer y decir las cosas tal y como las pensaba. Sonreía sólo de imaginarse lo que hubiera hecho de muchacho si hubiera tenido ese mismo temperamento. Y algo similar debe suceder con los amigos porque ven a mi hijo como si fuera una luminaria.

—Con ese comportamiento no me parece una luminaria.

—Tiene usted razón, padre.

—Opuesto al mayor, ¿verdad?

—Sí, padre, y me da miedo que Gabriel lo imite.

—Entonces debes estar atenta y evitar que anden juntos.

—Sí, padre.

—¿Pero qué paso? Recuerdo, alegre tú, cuando me contaste, hace algún tiempo, que tu hijo se había unido a un grupo de estudio de las Sagradas Escrituras. Fue una buena noticia.

—Eso creí.

—¿Y no fue así?

—No, creo que no fue así, padre, y eso me está consumiendo, porque a pesar de que es indomable, amo a ese muchacho.

—Es tu hijo.

—Sí, padre, es mi hijo. Ayer me hizo algunas preguntas acerca de la creación y del primer hombre... Me preguntó primero si yo sabía que la serpiente además de astuta era sabia, al contrario de Jehová Dios quien… Ay, padre. Me da tanta vergüenza.

—Continúa, hija.

—Sí, padre. Al contrario de Jehová Dios quien desde los primeros capítulos del Santo Libro había descubierto que además de mentir, el poder que tenía lo usaba sin sabiduría. —Y doña Matilde se tapó la boca.

El padre Tomás parpadeó, tosió y volvió a toser, tragó saliva y aspiró y expiró con exageración varias veces.

—Pero ¿cómo se le ha podido ocurrir semejante monstruosidad? —dijo entonces sin ocultar su enojo.

—Es lo que yo también le pregunté, padre.

—¿Y cuál fue su respuesta?

Doña Matilde intentó hablar pero otras lágrimas resbalaron por sus mejillas. Inhaló y exhaló profundo y lento.

—Respondió que si estaba en lo correcto lo que yo le había enseñado, acerca de que si una persona hablaba sólo mentiras, no se le podría creer cuando dijera la verdad...

—Tu enseñanza, sin duda, fue correcta —cortó el padre.

—Gracias, padre. Así se lo hice saber pero fui engañada por el demonio —contestó doña Matilde entre sollozos.

—¿Cómo podría ser posible?

—Sí, padre. Si desde el comienzo, desde los primeros capítulos ya encontraba falsedades acerca de lo que alegaba Dios, me dijo triste, entonces, ¿qué podría esperar del resto del Santo Libro?

—Explícate mejor, hija.

—Me dijo que Dios puso al primer hombre y a su mujer en el huerto del Edén diciéndoles que de todo fruto podrían comer menos del fruto del bien y del mal, porque el día que de él comieran, morirían. Sin embargo, la serpiente afirmó que ellos no morirían y que serían abiertos sus ojos y serían como Dios sabiendo el bien y el mal.

—¿Y dónde está el engaño?

—Que no murieron; y, es más, dijo mi hijo que las Santas Escrituras y el mismo Jehová dieron la razón a la serpiente.

—¿Cómo? ¿Que Jehová dio la razón a la serpiente? ¡Ese muchacho es el mismo demonio!

—Es lo que él me dijo, padre. Después del pecado, dicen las Sagradas Escrituras, fueron abiertos los ojos de ambos y conocieron que estaban desnudos y después de que Jehová Dios hizo al hombre y a su mujer túnicas y los vistió, dijo: "He aquí el hombre es como uno de nosotros, sabiendo el bien y el mal...", del mismo modo en que la serpiente lo había afirmado.

El padre Tomás se cubrió la cara con las manos y se frotó los ojos como si hubiera escuchado con ellos.

—¿Sabes lo que has dicho? —preguntó acalorado.

—Fue mi hijo, padre, y se lo estoy diciendo en confesión.

—¿Y sabes, entonces, lo que ha dicho tu hijo?

—Sí, padre, y tengo miedo.

—Y no es para menos, hija, porque en realidad el demonio ha entrado a tu casa.

—¡Oh, padre, entonces es verdad! —Colocando las manos sobre su pecho imploró—: ¡Perdón, padre, perdón!

3

El padre Tomás intuyó que la confesión todavía no había terminado. Ansioso por seguir escuchando, añadió forzando sus palabras:

—¿Tienes algo más que confesar?

—Sí, padre. Después me preguntó si lo amaba.

—Pero qué pregunta tan absurda. ¿Cómo podría dudar? ¿Y qué respondiste?

—Que sí. Por supuesto que sí. Luego me quedó mirando a los ojos y en esa mirada encontré cierto malestar porque luego me preguntó si mi deseo era que él lograra superar a sus padres. Y por supuesto que también le respondí que sí. Entonces fui presa de su trampa, padre. Me dijo que esa respuesta era de una persona sabia.

—Y tiene razón. No veo la trampa por ningún lado.

—Caí en la trampa, padre. Me dijo que él no encontraba sabiduría en aquellos padres que no deseaban que sus hijos los superaran, que supieran demasiado o que prefirieran mantenerlos en la ignorancia, y me preguntó si yo opinaba lo mismo.

—Y el muchacho sigue teniendo razón.

—¡Oh, padre! ¡Ud. también!

—¿Que yo también?

—Sí, padre. Mi hijo dijo que de ese análisis tan sencillo había encontrado la respuesta que estaba buscando. ¿Cómo podía explicarse que Jehová Dios no deseara lo mismo de su creación?

—¡Pero qué atrevimiento!

—Si la sabiduría se encontraba en el árbol de la ciencia del bien y el mal, dijo, ¿por qué Jehová Dios no deseaba que Adán lo comiera y sea como Él sabiendo el bien y el mal? ¿O acaso pensaba que podría perjudicarle?

—¡Es una blasfemia! —dijo el padre Tomás—. Tu hijo debe haberse metido en ese asunto de la masonería, ¿no es verdad?

—¡No, padre! Dios no lo permita. —Se persignó tres veces.

—¿Y cuál fue esa respuesta que estuvo buscando?

—Antes debo continuar en confesión, padre. Me preguntó, luego, si alguna vez, cuando él era pequeño, yo le había regalado algún caramelo para que no lo comiera.

— ¿Para que no lo comiera? Pero qué pregunta tan absurda. Ya decía yo, este muchacho nos está embromando.

—No lo creo, padre. Continuó preguntando que si alguna vez él, teniendo el caramelo en su mano, yo le había prohibido además de comerlo, mirarlo y olerlo.

—Pero qué pregunta tan absurda —repitió el padre Tomás—. ¿Y qué respondiste?

—Que no. Por supuesto que no.

—Pues es correcto, hija. ¿Cómo alguien podría hacer semejante cosa? Sería inhumano.

—Yo también creo que sería inhumano y eso acabó por asustarme, padre.

—¿Por qué?

—Porque mi hijo me dijo que Jehová Dios lo hizo y creo que también tiene razón. —Doña Matilde otra vez se tapó la boca.

—¿Cómo te atreves a blasfemar contra Dios?

—Perdón, padre, perdón, perdón —doña Matilde imploró entre gemidos y sollozos—. Es el demonio, padre, que ha entrado a mi casa.

—Continúa, hija, continúa —ordenó el padre Tomás.

—Le increpé que lo que había dicho no traía nada bueno pero él no me hizo caso, al contrario, me contestó que entonces no hallaba ningún sentido en que

Jehová Dios plantara el árbol del bien y el mal en medio del huerto si su intención era que Adán jamás pudiera comer de su fruto.

—Fue para probar su obediencia.

—Eso mismo le dije e insistí tal como usted nos enseñó, padre.

—¿Y luego?

—Y luego me miró directo a los ojos y en la profundidad de su mirada encontré la duda, padre. Me dijo que algo no estaba bien.

—¿Que algo no estaba bien?

—Sí. Que en el Santo Libro ese rol lo había desempeñado sólo Satanás, el tentador. —Y se tapó la boca.

—Eso es muy grave, hija.

—Sí, padre, lo sé y eso no es todo. —Doña Matilde tomó aliento, lo más que pudo, y temerosa de sí misma y del padre Tomás, guardó silencio.

—¡Termina, hija, termina! —ordenó el padre Tomás.

—Y eso, dijo, le parecía incoherente y en esa incoherencia encontró la respuesta.

—¿Y cuál es la incoherencia y cuál la respuesta?

—Dijo mi hijo que si Jehová Dios, siendo perfecto en su esencia y sabio en su creación no podía ser ni mentiroso ni tentador, tal como él creía, entonces concluyó que algo muy sospechoso había sucedido en la redacción, trascripción o traducción del Santo Libro.

—¡Oh! —dijo el padre Tomás sintiendo un profundo dolor en su corazón.

—A no ser...

—¿A no ser qué? —se apresuró a preguntar el padre Tomás.

—A no ser que, dijo... ¡Oh!, padre, el demonio ha entrado a mi casa —dijo doña Matilde temblorosa y a punto de perder otra vez el control.

El padre Tomás sintió un vacío en el plexo solar y un estremecimiento de temor le recorrió el cuerpo.

—¿A no ser qué? —imploró el padre Tomás—. ¡Responde!

—A no ser, dijo Augusto —continuó doña Matilde entre sollozos—, que todo haya sido una conspiración, desde el comienzo. —Y de nuevo irrumpió en un llanto incontrolable.

4

Transcurridos algunos minutos, doña Matilde se retiró reconfortada. No importaba la penitencia que su confesor le había impuesto porque el perdón, creía, no tenía precio. *Pero debo estar atenta*, pensó antes de abrir la puerta de su casa recordando las palabras de su confesor, *no vaya a ser que Gabriel se contamine.*

EL ACERTIJO

Yo era como un ave. Volaba por el espacio sideral a una velocidad vertiginosa; escuchaba al viento silbar y veía a otros miles y millones de puntos luminosos que iban quedando atrás o cambiando de rumbo. Mi guía, a mi lado, sonreía conmigo.

Antes de llegar a mi destino distinguí en la lejanía, a mi izquierda, a seres como yo, cada uno con sus guías, en una columna larga que se extendía a través del espacio. Calculé unos cuantos miles.

Tras acercarme, observé que todos ellos desfilaban ante un último hito aislado y flotando sobre sí mismo y cuya forma hacía recordar a un cajón, como un paralelepípedo, con una abertura a un costado y desde donde destellaba una luz desde su interior. Tal como lo intuí, hice lo mismo y me puse al orden.

No recuerdo si fue en ese momento o poco después cuando noté algo que me llamó la atención: cada uno de mis predecesores y cada uno a su tiempo se ubicaban en la abertura y observaban lo que sucedía dentro de ese hito hasta desvanecerse la luz interior. Al instante exhalaban un gemido, se les desencajaba el rostro, se cubrían los ojos con las manos y por último reiniciaban su viaje.

He ahí el acertijo, me dije, *la prueba del guerrero solitario.*

En tanto esperaba podía recordar a mi padre.

—Hijo —me dijo antes de partir—. Ya estás debidamente preparado. —Y señalando a mi guía continuó—: Cuando necesites ayuda no olvides pedírsela.

Luego me abrazó y se despidió de mí.

2

Y llegó mi turno, así que me ubiqué justo en la abertura del hito, que era como una puerta. Dentro, como un salón de clases pero sin alumnos y sin muebles, excepto un pizarrón. Dos seres, extraños para mí en ese entonces, se encontraban conversando al frente y a la altura desde donde yo observaba que sonreían entre ellos y se daban golpecitos en la espalda.

—Son hombres —dijo mi guía—, provienen del planeta en donde vas a nacer.

Ahí mismo y sobre ellos había una lámpara en forma de vela, como una pequeña llama, que permitía observar con bastante claridad. El fondo del recinto se encontraba en penumbra porque hasta ese rincón no llegaban los rayos de luz.

De pronto, los dos hombres iniciaron una discusión que yo no entendí.

Uno de ellos, el más bajo, parecía increpar al otro, pero éste, con voz pausada, trataba de convencer a su oponente de que entrara en razón; ambos, incluso, utilizaban el pizarrón y sobre él escribían sus argumentos con palabras y fórmulas ininteligibles. El más bajo como que no escuchaba e insistía cada vez más ofuscado. El más alto retrocedió unos pasos y esperó sin dejar de contemplar al hostil. Yo, desde el umbral de la puerta, observaba el proceso que se mostraba ante mí como una película.

En su descontrol, el más bajo empezó a rezumar gusanos grises del tamaño de los dedos de las manos. Primero por las orejas, luego por los ojos, por la nariz, y finalmente por el resto del cuerpo; pero, lejos de reparar en lo que le estaba sucediendo, vociferaba como desquiciado hasta transformarse por completo. Un olor fétido y un montículo de gusanos entrelazándose entre ellos, pero avanzando hacia el fondo, habían reemplazado al hombre bajo.

Terminada la involución, el más alto, el sensato, volteó y me clavó su mirada. Era una mirada al comienzo de una expresión agradable porque me daba tranquilidad, o eso es lo que yo percibía, sin embargo, en forma brusca, y para mi sorpresa, su expresión cambió por otra cruel pues sus ojos inyectados en sangre acompañados de una sonrisa burlona así lo denotaban. Yo, desconcertado, desvié la vista. Mi guía, sonriente, me dio a entender que debía continuar observando. Obedecí.

La iluminación en el interior había disminuido. Todo transcurría en un tiempo corto, casi instantáneo.

El hombre solitario, sin rival, no dejaba de mirarme, como envilecido. Se encontraba tan absorto en esa condición que no advirtió que los gusanos que del otro hombre se habían esparcido por el suelo subían por su cuerpo, y, como contagiado por ese mal, comenzó a rezumar gusanos de la misma especie y en la misma forma que su antecesor, hasta quedar convertido en otro montículo repugnante. El olor era más nauseabundo que el del anterior. Los gusanos, todos ellos entrelazándose, avanzaban hacia el fondo, como los del otro.

Entonces la llama se extinguió por completo.

Lancé un gemido y me cubrí el rostro.

3

—¿Persistes?

—Sí —contesté a mi guía después de sobreponerme—. Continuemos.

Creí haber descubierto el acertijo.

Y sentí una fuerza que me halaba en la dirección de mi nacimiento.

EL HOMBRE DE ANTEOJOS

Echado sobre una cama el anciano abrió los ojos. Observó el techo blanco y un ventilador de aspas color madera empotrado en el centro. Era una habitación extraña para él ya que no recordaba haber estado allí antes. Bajó la vista hacia su derecha y arrugó el entrecejo. Escudriñó hacia su izquierda. Una de sus hijas dormitaba sentada en una silla. Por último, el anciano regresó hacia el otro lado.

—¡Ey, tú! ¿Quién eres? —preguntó al que se encontraba en ese lado, junto a la ventana.

Sentado sobre un sillón forrado de cuero negro un hombre, de mejillas rosadas y de porte atlético, hojeaba un libro grueso de pasta negra que llevaba entre las manos. Vestía de etiqueta, en gris, camisa blanca y llevaba puesto unos anteojos con lentes cuadrados y oscuros montados sobre un armazón de oro.

—He contado mil setecientos ochenta y cinco —dijo sin despegarse del libro.

—¿Acaso te conozco?

—Mil setecientos ochenta y cinco —repitió el de anteojos moviendo la cabeza hacia ambos lados—. Es todo un récord.

—¡Ey! Estoy hablando contigo. ¡Contesta!

—Soy tu anfitrión —dijo el hombre de anteojos levantando la vista—. Y tú mi recipiendario.

El anciano rio.

—No recuerdo haber sido invitado.

—No lo he hecho. Tú has venido a mí y yo debo recibirte.

—¿Acaso eres la Muerte? —preguntó el anciano con gesto burlón.

—Puedes llamarme como quieras.

—No eres la Muerte. La Muerte es diferente. A ti se te ve rebosante de vida.

—Me nutro de la vida.

Dolores, mujer cuarentona y de cara redonda, al otro lado, junto a la puerta, se había levantado y casi inclinada sobre la cama escuchó absorta el monólogo de su padre. Éste volteó hacia ese lado.

—¡Sácame de aquí! —gritó enfurecido a su hija.

—Es el hospital, papá. Aquí te van a cuidar mejor que en la casa.

—¡Tú! —gritó a su hija señalándola con el índice derecho—. ¡Tú eres la culpable!

—Es por tu bien, papá. Recuerda que te hemos traído porque tenías infección a los riñones.

—Es mentira. Todos ustedes se han confabulado. Quieren matarme.

—No es cierto, papá.

—¿Y entonces qué hace ese loco allí? —señalando al hombre de anteojos.

—Allí no hay nadie, papá.

—Quieren matarme.

—No es cierto.

—Sí es cierto. Cómo han podido hacerlo.

—No, papá. Todos te queremos.

—Son patrañas. Sólo quieren mi dinero.

—Qué dinero, si tú no tienes dinero.

—¡Calla! ¡Eres una zorra!

Dolores, incrédula, miró a su padre, a los ojos enrojecidos y percibió en ellos puro odio. Tras sobrecogerse se tapó la boca con ambas manos.

—¿Cómo puedes decir eso, papá?

—Sí. Eres una zorra. Y apestas como tus hermanos.

Dolores se quedó estupefacta. Se le humedecieron los ojos. Se levantó de la silla y sin decir otra palabra corrió hacia el pasillo.

—¡Sáquenme de aquí! —gritó el anciano.

Ya en el pasillo, cerca de la puerta, Dolores, temblorosa, con las palmas de las manos sobre el rostro, se apoyó de espaldas contra la pared. Al respirar profundo percibió el olor a fármacos.

—¡Sáquenme de aquí! —se escuchó en todo el pasadizo.

—No sabe lo que dice —le dijo la enfermera de turno frotando con las manos los hombros de Dolores.

—Siempre ha sido un hombre amargado. Actúa como un loco.

—Es la reacción a la medicina. Le voy a administrar otro sedante.

—¡Sáquenme de aquí!

—Sí. Es mejor que duerma.

2

El anciano despertó pasada la medianoche. Abrió los ojos, despacio, y al voltear hacia la izquierda no encontró a nadie, pero sintió una presencia y volteo hacia el otro lado. El hombre de antejos, el anfitrión, continuaba sentado en su mismo sitio, observándolo, como si no se hubiera movido. El libro negro reposaba sobre sus piernas.

—¿Ya estás listo?

—¿Listo para qué?

—Para preparar el proceso.

—¿Qué proceso?

—El de la muerte. Sólo tenemos cuatro días y debes aprovecharla.

—¿Moriré en cuatro días?

—No. En siete. Pero durante los últimos tres estarás en coma y ya no podremos hacer nada.

El anciano no contestó. Al intentar moverse las fuerzas no le respondieron. Unas sondas le llegaban hasta los brazos.

—Nadie se salva de la muerte —continuó el de anteojos—. Resígnate.

—No lo creo.

—Voy a ser claro para no perder tiempo. La diabetes te ha llevado a una insuficiencia renal avanzada. El cuadro se ha complicado con infección a los riñones y sangre bastante contaminada. Los médicos trabajan para vencer esa infección con lo que les posibilitaría administrarte algún tipo de diálisis que, han pensado, podría ser la peritoneal. Pero la infección no cederá.

El anciano escuchó atónito. Comprendió entonces que el hombre de anteojos tenía razón. Giró hacia la ventana. Afuera, la noche se veía negra.

—Creo que ya estoy listo —dijo resignado después de unos minutos.

—Bien. En primer lugar debes saber quién eres.

—Lo sé.

—No lo sabes.

—¿Entonces quién soy?

—Eres lo que has creado.

El anciano movió los hombros.

—Creo que debes verlo tú mismo —dijo el de anteojos—. ¿Quieres verlo?

—Claro que quiero verlo.

—Entonces cierra los ojos

El anciano los cerró.

El anfitrión dejó el libro negro sobre el piso, se levantó y al acercarse hacia la cabecera del lecho se sacó los anteojos y se los puso al anciano.

—Ahora, ábrelos.

El anciano los abrió.

—¡Oh no! ¡Oh no! ¡Pero si es un ejército!

—Es una legión.

—Son demonios.

—Son tus defectos.

—¡Basta! ¡Es suficiente! ¡Quítalos de mi vista!

El hombre de etiqueta le quitó los lentes, se los puso y regresó al sillón.

—¡Qué tranquilidad!

—El no verlos no significa que no estén allí —contestó el hombre de anteojos.

—El no verlos me da cierta tranquilidad.

—Si cierras los ojos y oídos, estos cuatro días no tendrán ningún sentido para ti.

—Es aterrador.

—Será más aterrador si no los reconoces. Dime, ¿qué has visto?

—A cientos y todos me miraban como esperando algo de mí. Era un espectáculo siniestro.

—Son mil setecientos ochenta y cinco y están esperando por ti.

—¡No!

—Sí. A pesar de que la visión fue rápida, dime, ¿eran todos iguales?

—¡Oh no! Todos eran diferentes. Los he visto pequeños, medianos, altos; delgados y obesos; muchos de ellos con colas o con cuernos; desfigurados, con aspectos de animales y de otros desconocidos. Los he visto de muchas formas.

—¿Y advertiste alguna particularidad o alguna semejanza entre ellos?

—Sí. Sus formas grotescas. Todo en ellos era grotesco. Se encontraban apiñados en un foso oscuro y gigantesco. Tenían los ojos rojos pero sus miradas reflejaban algo especial, de mucho odio, o mucho temor o mucha tristeza.

—¿Algo más?

—Sí. Me pareció verlos organizados por grupos, y vociferaban. Se empujaban entre ellos y se golpeaban y se pisaban. Expandían cada uno todos sus esfuerzos con el propósito de tomar la delantera en la dirección de su objetivo sin importarles la condición del resto.

—¿Advertiste quién era el objetivo?

—¡Era yo! ¡Era yo!

—¿Detectaste si alguno sobresalía del resto?

—Sí... sí. Había uno. Se encontraba entre el grupo que llevaba la delantera. Y era el más grande, y el más fuerte, y sobresalía porque se encontraba delante de todos... y todos le temían.

—Todos son creaciones mentales distorsionadas. ¿Y aquél que se encontraba delante de todos tenía alguna característica especial?

—Sí. Con su lengua viscosa se limpiaba los labios viperinos y sonreía con una sonrisa burlona y maléfica. Se frotaba las manos cuyos dedos gruesos terminaban en garras y con los ojos brillosos también inyectados en sangre me miraba con sarcasmo, como si me conociera desde mucho tiempo atrás.

—Y es verdad. A pesar de que es uno de los peores es tu predilecto.

—¿Que es mi predilecto?

—Así como lo escuchas. Es tu predilecto.

—¿Y quién es?

—¿Quieres saberlo?

—Por supuesto que quiero saberlo.

—Ese es uno de los guerreros de la oscuridad. Se llama rencor.

—¿Rencor?

—Sí. Rencor. Es al que más has alimentado y fortalecido día tras día, mes tras mes y año tras año. Es insaciable y por eso quiere más de ti.

—¡Es horripilante y tenebroso!

—Sin embargo, así como ese, todos son como tú porque tú mismo los has creado a tu imagen y semejanza.

—¡No es cierto!

—Los has visto. Son tu fruto y seguirán ahí, aunque no quieras creerlo.

—No quiero creerlo.

—Debes saber que, así como al Gran Hacedor se le conoce por sus obras, al hombre se le conoce y juzga por sus frutos. Como esos son tus frutos, te conviertes en tu propio juez porque debes saber que como esos temen a la luz del Paraíso, no pueden entrar allí, en consecuencia, tampoco tú en tanto los mantengas vivos. Y tienes cuatro días para destruirlos. Aunque no lo creas.

—¿Y si no los destruyo?

—Vagarás con ellos por la eternidad.

—¿Tengo sólo cuatro días?

—Tuviste toda una vida y la desperdiciaste. Ahora te quedan cuatro días. Casi nada.

El anciano no respondió. Se quedó absorto, como si toda su vida, condensada en unos segundos, se hubiera posado delante de él.

—¿Quién eres? —preguntó finalmente.

—Soy, como dije, el que se nutre de la vida. Soy el que pone a prueba. El justo.

3

Por la mañana, Dolores llegó temprano. Su padre se encontraba despierto. Ya no gritaba. Tras contemplar a su hija trató de decirle algo.

—¿Deseas algo, papá? —preguntó Dolores acercándose al lecho.

El anciano movió los labios. Unos gemidos, casi imperceptibles, como ahogados, se le escaparon de la boca. Dolores pegó un oído. Escuchó algo.

—¿Que mil qué, papá?

Pegó más el oído.

—¿Cómo? ¿Que me amas?